Henry BARBY

Correspondant de guerre du *Journal*

AU PAYS DE L'ÉPOUVANTE

L'ARMÉNIE MARTYRE

Préface de M. Paul DESCHANEL, Président de la Chambre des Députés

AU PAYS
DE L'ÉPOUVANTE

L'ARMÉNIE MARTYRE

DU MÊME AUTEUR

Les Victoires Serbes (*La Guerre Balkano-Turque*). 7ᵉ édition. 1 vol. 3 fr. 50. — Bernard Grasset, éditeur.

Bregalnitsa (*La Guerre Serbo-Bulgare*). 5ᵉ édition. 1 vol. 3 fr. 50. — Bernard Grasset, éditeur.

L'Epopée Serbe (*L'Agonie d'un Peuple*). 8ᵉ édition. 1 vol. 3 fr. 50. — Berger Levrault, édit.

SOUS PRESSE

pour paraître prochainement :

Avec l'Armée Serbe, récit anecdotique et vécu de la guerre austro-serbe depuis la remise de la note-ultimatum de l'Autriche à la Serbie. Cet ouvrage contient en outre les principaux documents officiels, ordres, rapports, directives du haut commandement et des armées serbes relatifs aux opérations, des photographies et onze cartes détaillées pour les batailles et principales opérations militaires. Un fort volume, 3 fr. 50.

HENRY BARBY

CORRESPONDANT DE GUERRE DU JOURNAL

2238

Au Pays de l'Épouvante

L'ARMÉNIE MARTYRE

Préface de M. Paul Deschanel,

de l'Académie Française

Président de la Chambre des Députés

PARIS

ALBIN MICHEL

ÉDITEUR

22, Rue Huyghens, 22

PRÉFACE

M. Henry Barby a donné pour titre à ce volume : « Au Pays de l'Epouvante ».

C'est l'histoire d'un nouveau martyre de l'Arménie, plus odieux encore que tous ceux qu'elle a déjà endurés. Au commencement de 1915, il y avait en Turquie deux millions d'Arméniens, il en survit aujourd'hui à peine 900.000. Et l'assassinat de ce million d'hommes a été perpétré avec la cruauté la plus honteuse. Ces hommes sont morts, comme le dit M. Barby, « par étapes ». *On ne les a pas tous envoyés au peloton d'exécution : ceux qui ont été fusillés ont été les moins malheureux, parce que leurs souffrances furent courtes. Plusieurs centaines de mille ont été déportés et ont fourni ces sinis-*

tres caravanes de la mort, dont la Turquie, alliée de l'Allemagne, portera à tout jamais l'opprobre, lamentables troupeaux qui s'en sont allés dépouillés, épuisés, poussés par leurs bourreaux vers l'exil, la faim ou la pendaison.

M. Henry Barby décrit la lamentable existence de ces déportés mourant d'inanition, implorant en vain du secours, en proie aux pires souffrances morales et physiques. Il a vu des troupes d'enfants errant, hâves, décharnés, à la recherche de leurs parents assassinés et de leurs villages détruits. Il peint les camps de supplice établis le long des rives de l'Euphrate où, sans abri, presque sans nourriture, exposés aux froids mortels de l'hiver ou aux chaleurs aussi redoutables de l'été, hommes et femmes meurent lentement sous l'œil satisfait du Turc qui les garde. Tous les chapitres de ce livre constituent des documents tragiques. C'est un acte formel d'accusation dressé par un témoin oculaire. A Constantinople ou à Berlin, on pourra chercher des excuses; on pourra prétendre, suivant la méthode trop souvent employée, qu'on a tué pour se défendre. Mais le mensonge ne prévaudra pas : les Arméniens n'ont pas été des provocateurs ils ont été des victimes. Leur assassinat a été consommé suivant un plan établi soigneusement à l'avance; l'œuvre infâme a été systématiquement poursuivie, et pas une ville, pas un village, pas une famille n'ont été épargnés. Le sang a coulé partout. Le témoignage de M. Barby sera l'un de ceux qui pèseront le plus lourdement sur les meurtriers de ce grand peuple sans tache.

L'extermination de l'Arménie, voilà bien quel était le lâche projet du Sultan Rouge, et voilà ce que veulent encore ces Jeunes Turcs qui, pour émanciper leur pays, n'ont trouvé rien de mieux que d'en faire le vassal de l'Allemagne. Le régime politique à Constantinople a pu changer de nom; les méthodes sont demeurées les mêmes et les hommes aussi, malgré l'étiquette nouvelle dont ils se sont affublés. Le fonctionnaire turc est bien le digne émule du fonctionnaire allemand.

Chez l'un comme chez l'autre, même férocité, même méconnaissance de ce qui est juste et de ce qui est noble. Ce que le Turc poussé par l'Allemand a fait en Arménie, l'Allemand l'a fait partout.

Le martyre de l'Arménie, dénoncé au monde civilisé, devra être vengé. Il n'est pas possible

que les crimes dont M. Henry Barby a dressé
la longue liste demeurent impunis. Le monde
ne pourra pas oublier. Le Turc, dans sa fureur,
ne s'en est pas pris seulement au peuple arménien. Notre mission dominicaine française à
Van a été, elle aussi, cruellement atteinte. L'évêque arménien catholique de Mardin a été massacré avec une partie de sa communauté, et l'on
est sans nouvelles des Pères français installés
dans cette ville. Mgr Israélian, évêque catholique de Kharpout, a été massacré sur la route
de l'exil entre Orfa et Diarbékir, avec les prêtres, les religieuses et une partie du groupe qui
l'accompagnait. Mgr Khatchadourian, de Malatia, a été étranglé. Etranglés, tous les prêtres chaldéens et syriens de Séert. Assassinés,
l'évêque chaldéen et l'évêque syrien de Djezi-
reh, les prêtres de Médéath, de Suévak, de Déréké, de Véran-Chahir. Tous les établissements de nos missions ont été abattus ou
pillés : à Van notamment, la résidence des Dominicains français a servi de fort, en avril et
mai 1915, aux bachibouzouks. De tous ces for-
faits la Turquie et l'Allemagne devront
réparation.

    En délivrant l'Arménie du joug ottoman,
les Alliés répareront une grande iniquité. Le

Droit ne peut être plus longtemps méconnu. Après les martyres sanglants qu'elle a endurés, la nation arménienne, à laquelle nous attachent tant de souvenirs, connaîtra, comme les autres peuples opprimés, l'heure radieuse de la liberté.

PAUL DESCHANEL.

LES MASSACRES D'ARMÉNIE

Historique.

Les plus effroyables massacres, dont l'homme ait gardé mémoire, n'approchent pas des massacres qui viennent, une fois de plus, d'ensanglanter l'Arménie, dont la population presque toute entière a été victime de féroces exécutions en masse.

L'infamie en restera éternellement attachée à l'histoire des deux peuples associés dans le crime : les Turcs et les Allemands.

*
* *

Qu'est-ce donc que cette Arménie que la barbarie turque a transformée ainsi en un champ de carnage ? Qu'est-ce que ce peuple arménien, déjà tant de fois éprouvé, et qui vient de subir un martyre sans exemple ? Quelle monstrueuse haine a voulu l'extermination d'une race entière ? A quel atroce dessein politique répond cette extermination ?

L'Arménie, terre légendaire où se rattachent tant d'antiques et mystérieuses traditions, est une contrée montagneuse d'une superficie de 24.000 kilomètres carrés, qui s'étend, en Asie occidentale, de la mer Caspienne à la mer Noire au nord, avec les contreforts du Caucase comme arête principale, et qui descend, en s'amincissant, jusqu'au golfe de Syrie. La Mésopotamie et les déserts de l'Arabie la bornent au sud. Un fleuve historique, l'Euphrate, dont on a dit qu'il avait, en ces dernières années, roulé autant de sang que d'eau, y prend naissance, non loin d'Erzeroum, ancienne capitale d'Arménie. L'une des cîmes les plus élevées du monde, le mont Ararat, où la légende veut que, dans les glaces éternelles, soit encore arrêtée l'arche de Noé, la sépare, au nord-est, de la Russie, de la Perse et de la Turquie.

En réalité, il y a trois Arménies, comme il y a trois Pologues, car trois empires se sont partagé ce pays, habité par un peuple de religion chrétienne, remarquable par ses aptitudes agricoles, commerciales et intellectuelles.

L'Arménie russe et l'Arménie persane vivent heureuses sous la domination de gouvernements soucieux de voir prospérer une race dont les qualités constituent une source de richesse pour les deux empires.

Le tronçon arménien-turc est la terre de l'épouvante et de la mort.

*
* *

Se débarrasser des Arméniens, tel était, depuis longtemps déjà, le désir de la Turquie, et celle-ci n'a jamais connu de troubles intérieurs, ne s'est jamais trouvée en guerre sans que les autorités de Constantinople aient, en même temps, toléré ou, le plus souvent, organisé l'extermination des Arméniens.

*
* *

Après que les peuples chrétiens de la Turquie d'Europe, Serbes, Roumains, Grecs et Bulgares, eussent été successivement affranchis, après que la France eut obtenu l'autonomie pour les populations chrétiennes du Liban, deux peuples continuèrent seuls à souffrir sous le poids atroce du joug ottoman : les Arméniens, perdus dans les contrées lointaines de la Turquie d'Asie, où ils représentent la civilisation occidentale, et les Macédoniens, dans les Balkans, mais ces derniers furent libérés par leurs frères slaves et grecs en 1912-1913.

L'histoire de l'Arménie, depuis les six siècles que pèse sur elle la tyrannie turque, n'est qu'un long et tragique martyrologe. Un jour, pourtant, elle eut une lueur d'espoir, et elle put croire que l'aurore de la liberté se levait enfin pour elle.

C'était en 1878, lors de la guerre russo-turque. Une armée russe, sous le commandement d'un général d'origine arménienne, Loris Mélikoff, avait traversé le massif du Caucase et était parvenue jusqu'à Erzeroum.

A ce moment, il fut question d'autonomie. La Turquie, devant l'imminence du danger et la crainte d'une annexion, par la Russie, des vilayets asiatiques envahis par les troupes russes, paraissait admettre la constitution d'une sorte d'état-tampon. Ce ne fut, pour les Arméniens, qu'un beau rêve. Au congrès de Berlin, l'empereur restitua au sultan ses conquêtes d'Arménie.

Pourtant, sur la demande de leur patriarche, que les Arméniens avaient envoyé à San-Stéfano, des garanties pour eux et pour les populations chrétiennes d'Asie-Mineure avaient été promises par l'article 16 de ce traité, sous le contrôle d'une occupation russe.

Les intérêts divergents des Grandes Puissances européennes firent que les dispositions du traité de Berlin annulèrent et remplacèrent celles du traité de San-Stéfano, et, dans ce second traité, l'article 61 plaça l'Arménie, non plus sous la protection particulière de la Russie, mais sous leur protection collective.

Malheureusement les Grandes Puissances, en dépit de l'engagement solennel qu'elles en avaient pris, n'assurèrent par aucune mesure efficace, la réalisation de ces améliorations et réformes auxquelles la Sublime Porte s'était engagée à procéder, afin de garantir aux Arméniens leur sécurité contre les Kurdes et les Circasiens.

*
* *

Cependant Abdul-Hamid concevait son vaste projet du panislamisme : Remplacer partout, en Turquie, les éléments chrétiens par des populations musulmanes, afin de rendre l'homogénéité à l'empire branlant.

L'existence des Arméniens, dernier peuple chrétien d'Asie soumis à son autorité, devait fatalement, pensait-il, provoquer, tôt ou tard, une nouvelle intervention de l'Europe. Aussi, estimant que, tant que ce peuple existerait, la Turquie ne serait pas en état de tranquillité,

décida-t-il, avec une logique sauvage, d'anéan-
tir ce qu'il jugeait un élément dangereux et de
le remplacer par une population mahométane,
qui occuperait toute la zône de la frontière
turco-russe. (*).

Deux autres raisons contribuèrent encore à
fortifier cette criminelle décision dans l'âme à
la fois féroce et pusillanime du « Sultan
rouge ».

L'Arménie, par suite de sa situation géographique se trouve avoir été de tout temps, un
objet de compétition entre la Turquie et la
Russie. Une attraction incontestable attirait
les Arméniens turcs vers cette dernière puissance, car chez elle, au Caucase, leurs frères
de race jouissaient au moins de certaines liber-
tés, et vivaient sous la protection de lois qui
garantissaient leurs propriétés, leurs biens,
leur vie et leur honneur.

(*) Il ne faut pas, non plus, oublier que, dès le
règne d'Abdul-Hamid, les Allemands devinrent les
inspirateurs de la politique turque. L'hypothèse est
donc admissible que, déjà, à cette époque, l'anéantissement de la population arménienne n'était pas pour
leur déplaire ; cela eut été la disparition de commer-
çants dont la concurrence était redoutable, en particulier le long de la ligne du chemin de fer de
Bagdad.

Enfin un mouvement d'affranchissement, comparable à ceux qui amenèrent les peuples balkaniques à secouer le joug ottoman, se dessinait dans l'Arménie turque qui comptait alors près de deux millions d'habitants (**).

*
* *

Le réveil de la conscience arménienne, — qui s'était produit simultanément avec la renaissance de la littérature nationale, — devait aboutir, comme chez tous les peuples opprimés, à une organisation révolutionnaire et à la création de corps de volontaires. Leur but était, non pas de piller le pays, ni de massacrer les Turcs, mais seulement de défendre la population arménienne contre les incursions incessantes des Kurdes et des Tcherkess, ses éternels ennemis, et, aussi, contre les excès mêmes du gouvernement ottoman qui, grâce à

(**) Les Arméniens de Turquie habitaient principalement les six vilayets d'Erzeroum, de Van, de Bitlis, de Diarbékir, de Kharpout et de Sivas, ainsi que la Cilicie. Ils formaient, en outre, mais plus disséminés, une partie de la population de Trébizonde, de Smyrne, de Bagdad.

A Constantinople la colonie arménienne atteignait le chiffre de 200.000 âmes.

l'indifférence de l'Europe, poursuivait ses persécutions systématiques.

Ce mouvement d'émancipation et de défense personnelle, ce mouvement révolutionnaire, si l'on préfère, ne date réellement que de l'année 1890. (Antérieurement à cette date, quelques essais de protestation armée s'étaient bien produits, ainsi que des insurrections dans certaines régions montagneuses, mais c'étaient seulement des soulèvements partiels et localisés ; comme, par exemple, celui du Zeitoun, en 1862, qui, dû à la répercussion de l'intervention de la France en faveur des chrétiens du Liban, s'acheva par l'envoi d'une délégation arménienne à Paris, auprès de Napoléon III).

Ce mouvement révolutionnaire naquit uniquement de la situation intolérable faite aux Arméniens, lesquels demandaient seulement à pouvoir conserver leur culture nationale, et à pouvoir jouir en paix du fruit de leur travail.

Le Sassoun en 1894, et le Zeitoun, l'année suivante, (régions montagneuses où la population a toujours conservé une demi-indépendance) se soulevèrent les premiers.

Abdul-Hamid, loin de chercher à calmer l'effervescence de ces régions, en faisant disparaître les causes de leur juste mécontentement, trouva l'occasion favorable pour mettre à

exécution l'abominable projet qu'il avait
conçu : Pensant en finir d'un seul coup avec
les Arméniens, il ordonna leur extermination
en masse.

Les grands massacres commencent. Toute
l'Arménie, de 1894 à 1896, est baignée dans le
sang qui coule à flots. Des centaines de familles sont exterminées et l'atrocité du carnage
est tel que l'Europe et l'Amérique sont soule-
vées d'horreur. Les Grandes Puissances inter-
viennent, mais leurs représentations ne suffi-
sent pas pour mettre fin à la furieuse orgie de
meurtres. Seules, les menaces réussissent à
arrêter Abdul-Hamïd dans son œuvre de mort.
C'est ce qui se passe lorsque les militants arméniens, affolés, tentent une démonstration à
Constantinople même, où ils sont en nombre,
comme je l'ai indiqué plus haut. Ils se sont
emparés de la Banque Ottomane (août 1896),
menacent de faire sauter l'immeuble à la dyna-
mite et n'abandonnent leur projet que devant
l'engagement d'honneur, que prennent les
Grandes Puissances, par la voix de M. Maxi-
moff, drogman de l'ambassade de Russie, de
faire aboutir, enfin, les réformes promises
depuis si longtemps, et restées lettres mortes.

Hélas ! cette promesse, pas plus que les pré-
cédentes, ne devait être tenue. Et pourtant près

de *trois cents mille victimes* étaient tombées
sous les coups des bourreaux d'Abdul-Hamid,
deux mille cinq cents localités avaient été rava-
gées, et cinq cent soixante-huit églises et couvents avaient été détruits ou transformés en
mosquées. Rien qu'à Constantinople *huit mille*
Arméniens avaient été égorgés. Plusieurs centaines de mille d'entre eux, enfin, avaient fui
leur patrie devenue un champ de carnage.

Le martyre de l'Arménie continua.

*
* *

Après un nouveau soulèvement du Sassoun,
en 1904, dirigé par Andranik, le héros le plus
populaire de la liberté arménienne, qui a commandé, dans la guerre actuelle, un des corps
de volontaires arméniens qui ont combattu aux
côtés de l'armée russe, nous arrivons au régime
Jeune-Turc (1908).

Des relations très intimes s'étaient établies
entre les chefs arméniens et les Jeunes-Turcs,
qui cherchaient partout des amitiés et ne recu-
laient devant aucune promesse pour atteindre
au pouvoir. Et le parti arménien « Daschnakzoutioun » (la Fédération), ajoutant foi à ces
belles promesses, avait même contracté une

sorte d'alliance avec le parti Union et Progrès (1908).

Aussi, au lendemain de la victoire jeune-turque, l'Arménie renaît-elle à l'espérance. Elle pense qu'elle va pouvoir enfin vivre et se développer en sécurité, sous un régime de justice et d'égalité.

La désillusion ne se fit pas attendre. A peine au pouvoir, les Jeunes-Turcs, plus soumis encore qu'Abdul-Hamid à l'influence allemande, reprennent le plan d'extermination conçu par celui qu'ils viennent de détrôner, et ce sont les affreux massacres d'Adana (avril 1909), avec leur cortège accoutumé de pillages et de viols. Dans ces massacres, plus de vingt mille Arméniens périssent encore. Une fois encore les cadavres pourrissent en plein vent, les villages sont détruits, les femmes et les jeunes filles sont vendues comme du bétail. Seule, la crainte de l'Europe, empêche les nouveaux maîtres de la Turquie d'étendre la tuerie à toute l'Arménie.

*
* *

Cependant, après l'effroyable régime hamidien, les Arméniens considèrent encore le régime jeune-turc comme un bienfait !

Leur situation, il convient de l'indiquer, s'est, en effet, améliorée sensiblement au point de vue économique. Ils jouissent maintenant de la liberté de communication et de commerce et ils sont autorisés à ouvrir des écoles.

Cela n'implique pas que les crimes, les assassinats, le pillage et le viol cessent de se produire. Les Kurdes ont gardé carte blanche et ils en usent, *mais on ne tue plus qu'en détail.* Les massacres en masse, après ceux d'Adana, ne se renouvellent plus.

Tout espoir semble donc n'être pas perdu pour l'Arménie, qui se contente de réclamer simplement des réformes plus sérieuses.

En 1912, la Russie, ayant derrière elle l'Angleterre et la France, se met à la tête du nouveau mouvement arménien. L'Allemagne, alliée secrète de la Turquie, se joint aussi à la Russie, mais uniquement pour ne pas la laisser opérer seule. Elle veut, en réalité, embrouiller les choses, dans le but, tout en faisant le jeu des Jeunes Turcs, de travailler pour son propre compte et pour ses visées d'avenir.

Un nouveau projet de réformes voit pourtant le jour : Le principe d'un contrôle européen —

principe auquel la Turquie avait toujours été hostile, — lui est imposé : Deux commissaires de nationalités neutres iront en Arménie veiller à l'exécution des réformes arrêtées.

A la vérité, la Turquie, grâce à l'Allemagne, a réussi à ce que leur pouvoir soit presque illusoire. Ces deux commissaires, un Norvégien, M. Hoff, et un Hollandais, M. Vesténenk, ne sont guère plus que des fonctionnaires du gouvernement ottoman. Néanmoins, le principe de leur création est quand même un succès.

Ils partent pour l'Arménie. C'est à ce moment qu'éclate la grande guerre européenne.

La guerre devait réserver à l'Arménie les heures les plus tragiques de sa douloureuse histoire. C'est que cette fois, l'Allemagne estime que le moment est venu de réaliser son rêve de domination mondiale. Dans son dessein de faire de la Turquie un champ d'expansion pour la race germanique, elle a un puissant intérêt politique à la disparition des Arméniens. Si donc, dans ce domaine de l'horreur, le « travail » va être turc, la méthode sera allemande !

La route des Indes, le fameux chemin de fer

Hambourg-golfe Persique, qui devait « tour-
ner » le canal de Suez et, par là, affranchir le
commerce germanique de la tutelle britanni-
que, passait par l'Arménie. Vide de ses habitants naturels, cette riche province devenait
une terre d'élection que l'Allemand aurait vite
repeuplée. M. Delbrück n'a-t-il pas dit à la
tribune du Reichstag que l'Arménie et la Mésopotamie constitueraient un jour les « Indes
germaniques » ?

Le plan d'extermination des Arméniens de
1915 est né de cette monstrueuse parole.

Le maréchal von der Goltz est, auprès du
gouvernement jeune-turc, l'agent qui fait
adopter les volontés du Kaiser. Aussi, le plan
des massacres, arrêté à Constantinople, va-t-il
porter la double marque méthodique et cruelle
de von der Goltz et d'Enver Pacha.

LES CHEFS DES MASSACREURS D'ERZEROUM

1. L'interprète de Kouzi-Bey. — 2. Le commandant Kouzi-Bey, chef de l'État-Major turc. — 3. Le major allemand Stazeshi. — 4. Schobner, chef des bandits turcs chargés de faire émigrer les arméniens et de les massacrer en cours de route. Son titre officiel était : Vice-Consul d'Allemagne à Erzeroum. — L'interprète de Schobner. — 6. Stanger (allemand), commandant de l'artillerie. — 7. Son interprète.

Tous ces personnages emmenèrent dans leur suite de jeunes arméniennes qu'ils avaient enlevées de force.

LA TRAGÉDIE ARMÉNIENNE

A Erzeroum.

Mars 1916

De Tiflis, capitale du Caucase, une seule ligne ferrée, (à voie unique, à partir d'Alexandropol), sur laquelle ne circulent guère que des trains de marchandises, conduit jusqu'à Sarikamech où, le 31 décembre 1914, les Turcs subirent leur première grande défaite. C'est ensuite, durant 156 verstes, une route que la moindre pluie rend à peu près impraticable et qu'encombre une suite ininterrompue de voitures et de chars qui ravitaillent l'armée (*).

Après cinq jours d'un voyage pénible, Erzeroum, au fond du cirque que forment les hauteurs, m'apparait, enfin, rose sous le soleil

---

(*) Depuis cette époque, l'autorité militaire russe a grandement amélioré les communications avec Erzeroum, où aboutit, aujourd'hui, une voie ferrée.

couchant, qui accroche des flammes d'or aux coupoles des mosquées et aux fines aiguilles des minarets. A l'horizon mauve et gris, c'est la plaine marécageuse où coule la Kara-Sou, une des branches de l'Euphrate.

D'ici, je veux commencer le récit des horreurs et des crimes, dont l'Arménie a été le théâtre au cours de la guerre actuelle.

Lorsque la Turquie décida de se ranger aux côtés de l'Allemagne et de l'Autriche, le gouvernement ottoman appela les Arméniens sous les armes, en même temps que tous les sujets de l'empire. Leur sort, d'abord supportable, changea brusquement après la défaite de Sarikamech, dont les autorités militaires nièrent les causes réelles et rejetèrent toute la faute sur les éléments arméniens des troupes. Ils furent éloignés de la frontière russe, puis désarmés, vers mars 1915. On les envoya dans les places de l'intérieur où on les employa aux travaux de fortification et de voirie, sur les routes d'Erzeroum à Erzindjan, d'Erzéroum à Trébizonde et d'Erzindjan à Sivas.

Cependant, des agitateurs fanatiques travaillaient sans relâche la population et l'armée turques. Le massacre des intellectuels arméniens en résulta, mais ne fut pas jugé suffisant pour leur haine. Il fallait pousser à bout les

Arméniens à force de mauvais traitements, afin de trouver, dans leurs protestations, un prétexte pour les exterminer tous.

*
* *

Un monument funéraire, élevé par les Russes, commémorait le souvenir de leurs soldats morts au cours de la guerre de 1878. Les autorités turques, connaissant les sympathies des Arméniens pour les Alliés, et, en particulier, pour les Russes, ordonnent de jeter bas ce monument.

La population et l'archevêque protestent en vain. On ne leur permet même pas de faire exécuter cette destruction sacrilège par des mercenaires. Puis, ordre est donné à tous les Arméniens d'évacuer leurs maisons, qui seront transformées en ambulances et en hôpitaux.

Que va devenir cette population jetée hors de chez elle ? Où et comment l'abriter ?

« Vous ne voulez pas évacuer vos maisons ? — répondent les autorités locales à l'archevêque et aux notables Arméniens, qui demandent qu'on leur facilite, au moins, l'exécution de cet ordre — fort bien... vous supporterez alors les frais de construction et d'entretien des hôpitaux, dont l'armée a besoin. »

Et les Arméniens d'Erzeroum doivent verser mensuellement, 2.000 livres turques (environ 50.000 francs) en or.

*
* *

Le 18 avril 1915, tous les musulmans sont réunis hors de la ville. Les « hodjas » surchauffent le fanatisme, affirmant que le Croissant ne connaîtra pas la victoire, tant qu'un seul Arménien existera encore. Hilmi pacha, membre fameux du comité « Union et Progrès », se fait remarquer par sa violence.

Les Arméniens, affolés, vont se jeter aux pieds du vali, Kiamil pacha. Celui-ci a pitié, mais il manque d'autorité. Il conseille que les notables s'exilent. Leur départ calmera peut-être les musulmans. Ce conseil est suivi.

Entre temps, les infortunés s'étaient adressés également au consul allemand, mais celui-ci avait répondu ceci : « Vous n'avez qu'à vous en prendre à vous-mêmes de ce qui arrive. La conduite des Turcs, à votre égard, est parfaitement logique. »

*
* *

Les jours passent dans l'angoisse. En mai, arrive la nouvelle de la victorieuse résistance des Arméniens du vilayet de Van. Dès lors, il n'y a plus d'espoir.

Cependant, des districts voisins, les Arméniens, molestés par les Turcs et les Kurdes, tentent de chercher refuge à Erzeroum, mais on leur en interdit l'accès, et, hors des murs, ils doivent camper, sans pain et sans vêtements, décimés par la maladie.

Les Turcs ont leur plan. La population arménienne d'Erzeroum sera tout entière, ainsi que les réfugiés des alentours, exilée en Mésopotamie. Cette décision est présentée aux infortunés, comme étant prise dans l'intérêt de leur sécurité. En réalité, on veut faciliter le massacre en les éloignant réunis.

Quinze jours leur sont accordés pour leurs préparatifs. Ils ont la possibilité de vendre ce qu'ils possèdent, — on pense à quels prix dérisoires, — et de faire l'inventaire de ce qu'ils laisseront en garde.

C'est à l'archevêque que les pauvres gens confient tout ce qu'ils ne peuvent emporter. L'église devient un garde-meuble et reçoit pour six millions de francs d'objets divers. Huit cents ballots sont aussi déposés au consulat des Etats-Unis et cinq cents autres sont confiés à un médecin américain, le docteur Kess.

Et une nuit, le 16 juin 1915, les Arméniens
sont réveillés par une troupe en armes. Immédiatement, on sépare des hommes, les femmes
et les enfants. On ordonne à tous de se mettre
en route. Et ainsi, par petits groupes, au
milieu des larmes, ils prennent le chemin de
l'exil.

Bientôt, les plus faibles, vaincus par la fatigue, tombent et jalonnent la route. Bientôt,
tous souffrent de la faim. Bientôt, aussi, les
massacres commencent. Des bandes de Kurdes
paraissent et, comme des loups, se jettent sur
ces groupes désarmés. Ils enlèvent les femmes,
les jeunes filles, au teint de bronze pâle, aux
grands yeux sombres ; ils emmènent en capti-
vité les jeunes gens robustes, qu'ils contraignent à travailler pour eux ; ils massacrent les
autres, ceux qui n'ont ni force, ni jeunesse, ni
beauté.

Un certain nombre d'infortunés parviennent
pourtant jusqu'à Kémakh, exténués, épuisés,
presque nus ; ils semblent des squelettes
vivants... Mais la tuerie recommence, forcenée,
et les eaux de l'Euphrate charrient tant de
cadavres, que, amoncelés par endroits, ils for-

ment des barrages qui obligent le fleuve à modifier son cours.

Quelques-uns, échappés par miracle, arrivent en Mésopotamie, à Mossoul. Dénués de .tout, ne recevant aucun secours des autorités turques, ils s'adressent à la banque d'Erzeroum où, avant le tragique départ, ils ont déposé leur argent... Mais la réponse demande du temps ; quand l'argent arrive, on ne trouve plus les destinataires, ils sont morts de faim...

* *
* *

Et le sort des Arméniens d'Erzeroum fut aussi celui de toute la population arménienne des six vilayets, où la Russie, la France et l'Angleterre voulaient, à la veille de la guerre, introduire les réformes promises depuis si longtemps et toujours ajournées par le gouvernement turc.

Au commencement, la vie sauve fut garantie à tous ceux qui se convertiraient à l'Islam. De gré ou de force, certains abjurèrent ; ils reçurent tous le même nom : Abdoullah. (L'idée de ce nom uniforme, permettant de les reconnaître plus tard, est, m'a-t-on affirmé, une idée allemande.)

Mais bientôt, les Arméniens ne peuvent même plus se sauver par ce moyen. Quelle que soit leur église (catholique, protestante, grégorienne), ils doivent s'exiler et les massacres continuent, dépassant en atrocité tout ce qu'on peut concevoir.

Comment évoquer les effroyables scènes qui m'ont été décrites? Les enfants massacrés, mutilés sous les yeux de leurs mères, folles de peur et d'horreur, que les bourreaux contraignaient à boire des tasses de sang fumant; les femmes, égorgées lorsqu'elles étaient vieilles, violentées lorsqu'elles étaient jeunes et jolies, et, à celles qui étaient rebelles, on cassait les doigts, on brisait les bras...

Il y eut des raffinements dans la cruauté déchaînée. Un groupe de ces émigrants forcés rencontra, un jour, un « Mutessarif » qui paraissait accessible à la pitié et qui s'offrit à leur servir de guide. Bienveillant, à la tête de ses gendarmes, il les accompagna, en effet, jusqu'à un défilé étroit... et là, calme et souriant, les fit massacrer jusqu'au dernier.

*
* *

A Erzeroum, cinquante ouvriers arméniens, cordonniers et tailleurs, avaient été gardés par les autorités turques pour les besoins de l'armée. Tous, à l'exception d'un vieillard, qui réussit à se cacher, furent égorgés quand les Turcs durent fuir la ville.

L'archevêque, Mgr Sembat Saadétian, qui était resté courageusement à son poste jusqu'au dernier moment, a quitté Erzeroum avec la dernière caravane de déportés. On ignore son sort (*). On ignore également le sort de plusieurs autres membres du clergé.

L'église arménienne fut pillée. On s'empara des cinq cents ballots déposés chez le docteur Kess. Seul, le consul américain réussit à préserver les objets confiés à sa garde. Enfin, le 28 septembre, un décret ayant ordonné la mise en vente de tous les biens que possédaient les Arméniens, ces biens furent vendus, et le Trésor turc confisqua le produit de la vente.

La seule occupation des officiers allemands, à Erzeroum, consistait à mener joyeuse vie. La population musulmane et les officiers turcs,

(*) J'ai su plus tard, lors de la prise d'Erzindjan, par l'armée russe, que ce prélat a été assassiné à son arrivée à Erzindjan.

eux-mêmes, voyaient sans plaisir ces officiers teutons arrogants et cyniques, dont l'aide au point de vue militaire a été insignifiante, et dont l'unique passe-temps consistait en provocations et en orgies. Ils s'étaient emparés de quelques jeunes Arméniennes des meilleures familles de la ville, et les avaient contraintes à subir leurs désirs. En quittant Erzeroum, ils emmenèrent plusieurs de ces malheureuses.

*
* *

Et maintenant, voici des chiffres dont l'éloquence se passe de commentaires :

Sur les 18.000 âmes qu'Erzeroum comptait avant la guerre, *il ne restait que 120 survivants* lors de l'entrée des troupes russes dans la ville. C'étaient des femmes et des enfants ; parmi eux il y avait seulement *six hommes*.

Dans les villages du vilayet, voisins d'Erzeroum, tous les Arméniens ont disparu.

Combien en est-il, parmi tous ces infortunés, qui sont arrivés en Mésopotamie ? Et quelle est, là-bas, dans le désert, leur infernale existence ?

Le témoignage accablant
du Consul des États-Unis à Erzeroum.

Représentant des Etats-Unis d'Amérique et
en même temps missionnaire, le Révérend
Robt. S. Stapleton a vécu, à Erzéroum, toutes
les heures du drame.

Ce n'est pas en spectateur impassible qu'il a
assisté au martyre de la population arménienne. Au risque d'être massacré lui-même
comme le fut son collègue, Georges Kneip,
missionnaire américain à Bitlis, qui s'était
généreusement fait le protecteur des malheureux Arméniens dans cette ville, M. Stapleton,
secondé énergiquement par sa courageuse
femme, a fait tout ce qui était humainement
en son pouvoir, pour sauver le plus grand nombre possible de victimes.

C'est à lui que doivent de vivre encore les
cent vingt Arméniens (Arméniennes plutôt,

car, sur ce nombre, il n'y avait, je l'ai dit, que *six hommes*) que l'on retrouva à Erzeroum. C'est à sa protection que dix-sept jeunes filles, élèves de l'école américaine, doivent d'avoir échappé au déshonneur ou à la mort.

Témoin de toutes les atrocités commises par les bourreaux, M. Stapleton a bien voulu m'en faire le tragique récit. Mme Stapleton, présente à notre entretien, précise quelques souvenirs, et le révérend, pour fixer certaines dates, se reporte au carnet où il a, au jour le jour, noté les événements et qui constitue le plus terrible des réquisitoires contre les Jeunes Turcs et contre les Allemands, leurs complices.

*
* *

Mon interlocuteur, tout d'abord, me confirme les faits que j'ai déjà racontés et sur lesquels je ne reviendrai pas. Il me donne ensuite quelques précisions :

Dès le 19 mai 1915, les Kurdes massacrèrent, à Khnis-Kalé, les Arméniens. C'est le 1er juin que les Arméniens de tout le vilayet d'Erzeroum reçoivent l'ordre d'exil. Cet ordre, ensuite, arrive pour les habitants d'Erzéroum même,

Le vali de la ville fait ce qu'il peut pour en adoucir la rigueur. Il permet aux Arméniens de se procurer des moyens de transport, charriots, ou voitures. Ici je laisse la parole à M. Stapleton.

— « Le vali, me dit-il, m'expliqua, sur ma demande, que la décision de son gouvernement ne visait pas seulement la déportation des Arméniens mais, pour des raisons militaires, l'évacuation de la ville, par toute la population, sans distinction de race. Cette affirmation était fausse, les événements me le démontrèrent par la suite.

« Le premier groupe d'émigrants, environ quarante familles, quitta la ville le 16 juin. Je sais que parmi ceux-ci, *un homme et une quarantaine de femmes seulement* arrivèrent à Kharpout.

« La grande masse des exilés partit le 19 juin. Ils emmenaient un immense convoi de chars, et des gendarmes turcs escortaient chaque groupe.

« Le 28 juillet, l'archevêque arménien Sembad Saadetian, l'archevêque catholique et le pasteur protestant furent, à leur tour, forcés de quitter la ville avec la dernière caravane des déportés. »

***

Mon interlocuteur s'interrompt. Une petite fille entre dans la pièce et vient se jeter dans ses bras. C'est une petite Arménienne échappée aux massacres. Elle a quatre ans. Elle fut trouvée à Erzéroum, dans la rue, après la fuite des Turcs et l'entrée des Russes. Elle mourait de faim et, interrogée, elle balbutia seulement :

— Je m'appelle Ankinn (sans prix, inestimable). Mon père est tué. Ma mère est tuée. Les petits (ses frères et sœurs) ont été mis dans l'eau. (On sait qu'un grand nombre d'enfants arméniens ont été noyés par les bourreaux.)

M. Stapleton la recueillit et l'adopta. Maintenant, elle est heureuse, mais des visions d'horreurs subsistent encore dans sa mémoire enfantine et, un jour où les enfants de Mme Stapleton étaient absents, elle s'approcha de celle-ci et, à demi-voix, lui demanda :

— Dis-donc, où sont-ils, les petits ? Est-ce qu'on les a aussi mis dans l'eau ?...

***

M. Stapleton reprend son récit :

« — Ce n'est qu'au mois de septembre, me dit-il, que, pour la première fois, j'ai reçu des nouvelles des exilés. C'étaient uniquement des femmes qui m'écrivaient. Elles me deman-

M. Stapleton, Consul des Etats-Unis à Erzeroum, et sa famille.

(Photo Henry Barby).

daient si je savais ce qu'étaient devenus leurs
maris, dont on les avait séparées et dont elles
ignoraient le sort. La plupart m'annonçaient
le massacre de toute leur famille. Toutes ces
femmes ont été dirigés vers Séroudy, Ourfa,
Alep et Raka. Les exilés devaient primitive-
ment être dirigés vers Erzindjan et Kharpout.
A Erzindjan, tous leurs moyens de transports
furent confisqués et on changea la direction de
ceux qui passèrent par cette ville pour les
expédier vers Kémakh.

« La caravane qui marcha vers Kharpout fut
victime d'atrocités indescriptibles. L'une des
deux filles d'un de mes amis, un médecin arménien d'Erzeroum, le docteur Tachdjian, folle
d'horreur, réussit deux fois à s'échapper et
deux fois fut reprise. Elle et sa sœur se trouvent maintenant dans des harems de Kharpout... »

M. Stapleton poursuit son récit. Les scènes
de férocité, de massacre et de mort se succè-
dent. Il précise les dates, les noms, les
détails des crimes. Il me confirme le massacre,
avant l'entrée des Russes, de cinquante artisans arméniens gardés à Erzéroum pour le
service de l'armée turque. Il m'apprend que, à

la même époque, sur l'ordre de Khémal pacha, commandant en chef des troupes turques d'Erzéroum, quarante familles grecques durent partir pour l'exil malgré un froid terrible. On ignore leur sort. Il fut sans doute celui des Arméniens. »

A ma demande, le consul américain me nomme ensuite les principaux responsables des massacres d'Erzeroum. Ce sont :

Khémal pacha, qui s'est montré particulièrement impitoyable ;

Le chef de la police, dont M. Stapleton ne se rappelle pas le nom, et qui occupait naguère la même fonction à Adana, lors des hécatombes d'Arméniens dans cette ville ;

Seifoullah, député à la chambre ottomane, membre du parti Union et Progrès et ses fils ;

Ingliz Ahmed bey, officier turc qui, à maintes reprises, menaça de mort M. Stapleton, lui-même, et voulut incendier le consulat et l'école américaine, parce qu'on refusait de lui livrer une jeune Arménienne, élève de cette école.

La conduite du vali, comme d'ailleurs celle d'une partie de la population ottomane de la ville, fut assez humaine.

Les officiers allemands ne prirent pas part aux massacres. Ils se contentèrent de laisser faire et d'enlever quelques jeunes Arméniennes.

Le récit d'un témoin.

Les premières déportations de la population civile commencèrent à Erzindjan, le 7 juin 1915. Tous les Arméniens de cette ville furent dirigés sur Kémakh (à 50 kilomètres au sud-est). Là, l'Euphrate devint leur tombeau mouvant, après qu'ils eussent été égorgés sans distinction de sexe, ni d'âge.

Ce fut ensuite le tour des Arméniens d'Erzeroum et des villages de ce vilayet.

La première caravane de ces malheureux exilés était à peine arrivée au pied des montagnes de Djibedjé, lorsque Khalil-Agha, le chef des Kurdes de Balaban, se présenta à la tête de cinquante cavaliers et exigea 5.000 livres turques, moyennant quoi il promit sa protection.

Ne pouvant que s'exécuter, on fit dans la caravane une collecte pour lui remettre cette somme.

Khalil-Agha rassura les pauvres gens :
« Soyez tranquilles, personne ne vous inquié-
tera plus maintenant ! » leur dit-il, puis il dis-
parut dans la montagne, avec ses cavaliers.

Deux heures s'étaient à peine écoulées lorsque soudain, deux cents Kurdes s'abattirent
sur la caravane et en commencèrent le massacre. Le carnage dura quatre heures, après quoi
les bandits s'éloignèrent en emportant, sur les
chariots et sur les bœufs, les plus jolies jeunes
filles et jeunes femmes.

De tous les Arméniens d'Erzeroum, 5.000
seulement atteignirent Mamakhatoun. Le Caïmakam de cette ville, feignant de déplorer leurs
malheurs, extorqua, à son tour, encore 300 livres
turques à ces infortunés, en leur promettant
de les faire arriver sains et saufs à Erzindjan.

Le 22 juin, ils sont au village de Derdjan-
Piritch, et, le lendemain, de bonne heure, ils
se remettent en route vers Erzindjan, mais,
en quittant le village, ils aperçoivent des Kurdes dans la plaine de Tchatak.

Le Caïmakam calme leur crainte, en leur
affirmant que ces Kurdes sont venus pour les
protéger ; il les emmène hors du village, les
remet entre les mains des Kurdes et rentre à
Piritch.

Immédiatement, les Kurdes, auxquels se joi-

gnent les soldats de l'escorte, commencent à
massacrer les malheureux, dont les cadavres
sont jetés dans la rivière.

Vers deux heures, après-midi, quelques
vieilles femmes et quelques enfants de 10 à
12 ans, échappés à la tuerie, rentrent, fous de
terreur, à Derdjan-Piritch, où ils racontent ce
qui vient de se passer.

Deux jours après, le 24 juin, les Kurdes envahissent le village où ils commencent à piller
et à tuer tout ce qui est Arménien, habitant
ou réfugié. Enfin, le 25 juin, vers midi, arrivent des « tchétas » (cavaliers volontaires)
turcs qui obligent les derniers Arméniens survivants à quitter le village, et, à une heure de
marche, aidés par les Kurdes et la population
turque, ils achèvent le massacre.

« C'est caché dans une grotte, sur la berge
de l'Euphrate, que j'ai été le spectateur affolé
et impuissant de ce dernier acte de la tuerie,
ajoute le témoin, M. Haran Soukiassiantz, de
qui je tiens les détails qui précèdent.

« Je suis resté trois jours dans cette grotte,
puis, voyant que j'allais y mourir de faim, je
me suis décidé à tenter de retourner à Mamakhatoun.

« En arrivant au village de Bagaritch, je constatais que, là aussi, on massacrait. Voyant ma situation sans issue, je résolus en désespoir de cause, de me faire passer pour soldat turc et, j'eus la bonne fortune d'être accepté comme tel par Gueusi-Beuyuk Ismael Agha, qui m'envoya à Mamakhatoun.

« Après quatre jours de marche, j'atteignis cette ville, où, la chance continuant à me favoriser, je fus incorporé dans l'armée par un lieutenant à qui je déclarais me nommer Zéki, fils d'Ibrahim, et être soldat turc, originaire d'Erzindjan.

A son tour, il m'envoya à Erzeroum où l'on m'enrôla définitivement dans la 48ᵉ caravane du 5ᵉ chameliers. »

❈

« Pendant que j'étais chamelier, j'ai eu connaissance d'une grande quantité de massacres, j'ai même assisté à quelques-uns, à celui par exemple qui ensanglanta Baïbourt, où la population et la troupe massacrèrent tous les Arméniens et jetèrent leurs cadavres dans la Djorokh.

« Les Arméniens des villages voisins furent,

eux aussi, mis à mort devant le couvent de Saint-Toros.

« Seuls, je crois, dans cette partie de l'Arménie, les Arméniens de Chabin-Karahissar tentèrent de résister. Ils attaquèrent la population turque et réussirent à s'emparer de la citadelle de la ville, où, pendant douze jours, ils se défendirent victorieusement contre les troupes turques. Mais celles-ci reçurent des renforts et des canons envoyés d'Erzindjan et de Sivas. Se jugeant perdus, les Arméniens firent alors, pendant la treizième nuit, une sortie désespérée. Ils tuèrent environ trois cents Turcs, puis, leurs munitions épuisées, ils se rendirent.

« Tous ont été fusillés. »

M. Haran Soukiassiantz, qui a réussi à échapper aux Turcs et à reprendre sa liberté lors de l'entrée des Russes à Erzeroum, revient ensuite à la déportation et aux massacres des Arméniens de cette ville :

« Parmi les premières caravanes qui quittèrent Erzeroum, me raconte-t-il, un groupe de déportés — environ 1.200 familles — fut dirigé par la route de Kharpout, sous l'escorte de deux cents soldats.

« Ce groupe atteignit les vallées de Khorton et de Douzla, mais là, les Kurdes et les soldats

de l'escorte réunis opérèrent un massacre général. Seules, les jeunes filles et les jeunes
femmes, qui étaient jolies, furent épargnées.

« Le bruit de ces tueries étant parvenu à
Erzeroum, les Arméniens, qui s'y trouvaient
encore, refusèrent de partir. Le vali fut très
embarrassé, mais il réussit à persuader à l'archevêque, Mgr Sembat Saadetian, que toutes
les sinistres nouvelles répandues dans la ville
étaient fausses. Il s'engagea enfin à donner
aux caravanes de déportés des escortes suffi-
samment fortes pour pouvoir les défendre
contre toute attaque.

« Devant ces assurances, les Arméniens pro-
mirent d'obéir, mais ils y mirent, cependant
encore, une condition : la moitié seulement
d'entre eux partirait pour Erzindjan, via Baïbourt et la seconde moitié, avec l'archevêque,
ne se mettrait en route qu'après qu'ils auraient
eu la certitude que les premiers étaient arrivés
sains et saufs à Erzindjan.

« Le vali accepta.

« La première caravane parvint sans incident à la ville désignée, et ceux qui restaient,
prévenus par télégraphe, s'éloignèrent à leur
tour.

« A peine avaient-ils quitté Erzeroum, que
ceux qui se trouvaient déjà à Erzindjan furent

massacrés, près du pont de Kémakh, et jetés dans l'Euphrate.

« La seconde caravane n'arriva jamais à Erzindjan, car elle subit le même sort sur les bords de la Djorokh.

« J'ai personnellement assisté à ce dernier massacre, auquel mes camarades chameliers prirent part avec les soldats et la population turcs.

« Cette extermination consommée, les autorités firent venir des Turcs de Passen, de Van, de Malaskert, de Narman et de Tortoum, et leur distribuèrent les maisons, les champs et les biens de mes malheureux frères assassinés.»

Les quatorze mille assassinés de Trébizonde.

Avril 1916.

Même lors de la sinistre période des grands massacres (1894-96) ordonnés par Abdul-Hamid, même au moment des hécatombes d'Adana (1909), sous les Jeunes-Turcs, jamais le peuple arménien n'avait connu un martyre comparable à celui qu'il vient de souffrir et qu'il souffre encore actuellement.

La prise de Trébizonde par les Russes m'a permis d'apprendre ce qui s'est passé dans cette ville lorsque, fin juin 1915, les Turcs, froidement et délibérément, se mirent à leur œuvre d'extermination.

* * *

Avec ses maisons aux toits rouges, étagées en amphithéâtre sur les pentes des Alpes Pontiques, le Torou-Daghi des Turcs, Trébizonde

est l'un des plus jolis sites de la mer Noire. La
ville, aux ruelles étroites et fraîches, et au
bazar aux mille boutiques, s'étend jusqu'à la
mer.

Avant la guerre, sur une population de 60 à
65.000 habitants, elle comptait 18.000 Grecs et
14.000 Arméniens. Le reste était Turc.

Les Arméniens y vivaient en sécurité, prospères et peureux, grâce à la présence des
consuls étrangers. Et, non seulement, leurs
affaires étaient florissantes, mais partout, dans
toutes les administrations publiques, dans les
douanes, au port, on trouvait des Arméniens
affables et prévenants.

* *
* *

Le combat qui décida du sort de Trébizonde,
fut livré à Khara-Déré, à une vingtaine de
verstes plus à l'ouest, où fut opérée la descente
des forces russes transportées par la flotte de
la mer Noire.

Dès le 16 avril, les autorités turques avaient
ordonné l'évacuation de la ville. Elles-mêmes,
ainsi que l'Etat-Major, étaient parties, le
même jour, pour Samsoun. Les troupes, en
même temps, se retiraient partiellement vers
Baïbourt, et, le long de la côte, vers le port de
Kérassonde.

C'est, le 18 avril, que, sur la demande du révérend Crawford, consul des Etats-Unis, les Russes vinrent occuper la ville, livrée à l'anarchie, depuis le départ des autorités turques.

⁎

J'ai pu alors compléter mon enquête sur les massacres.

Escale de tous les paquebots naviguant dans la mer Noire, voisine de Batoum, en relations continuelles avec Odessa, Novo-Rossisk et tous les grands ports de la Méditerranée, tête de ligne des caravanes se rendant à l'intérieur de la Turquie, et en Perse, à Erzeroum, Khoï, Tauris et Téhéran, Trébizonde semblait une ville civilisée (*).

Non seulement on rencontrait dans ses rues des Turcs, des Grecs, des Arméniens, des Persans, quelques Lazes descendus de leurs montagnes, mais les Européens y étaient nombreux, et l'on était bien loin des bandes farouches du Kurdistan. Ce sont donc les Turcs, et les Turcs seuls, qui ont fait couler, ici, des flots de sang.

Après la défaite de Sarikamech on désarma, comme je l'ai déjà indiqué, tous les soldats

---

(*) J. de Morgan. — Essai sur les nationalités.

chrétiens, grecs ou arméniens, et on les envoya travailler sur la route de Trébizonde à Gu-much-Khané, où presque tous périrent, tués par la disette ou par la rigueur du climat.

Le 28 juin 1915, ordre est signifié à la population arménienne, toute entière, d'avoir à quitter Trébizonde dans les cinq jours. En même temps, les autorités turques font arrêter les notables et intellectuels arméniens, environ six cents hommes. « Ils sont embarqués sur des bateaux-transports pour être conduits à Samsoun. Au bout de quelques heures, les bateaux rentrèrent vides. Au large, d'autres bateaux avec des gendarmes les attendaient : *tout avait été tué et jeté à la mer...* » (*)

Quand fut passé le délai fixé, la population arménienne, par petits paquets, encadrés de Kurdes et de brigands (c'est-à-dire de gendarmes), est conduite hors de la ville, et, au premier coude du chemin, les meurtres et les enlèvements commencent.

(*) Extrait du rapport, en date du 28 juillet 1915, du Consul des États-Unis à Trébizonde, qui ajoute :

« ... Quinze jours avant le commencement de la déportation, les soldats arméniens, que l'on employait uniquement aux travaux de réfection des routes et aux transports — environ 180 hommes — furent emmenés hors la ville et massacrés... »

*
* *

Dès les portes de la ville, en effet, près du village de Djévizlik, ont lieu des scènes d'indicible horreur :

Les hommes sont séparés de leurs compagnes et de leurs enfants, dont les cris d'effroi emplissent la campagne. A coups de sabre, à coups de couteau, à coups de fusil, avec mille raffinements de cruauté, on les massacre. La terre, l'herbe sont trempées de sang. Les enfants, les yeux agrandis par la terreur, poussent de longs hurlements ; les femmes se tordent les bras, supplient, s'évanouissent. L'odeur fade du sang répandu se sent à plusieurs centaines de mètres à la ronde. La sinistre besogne est bientôt finie. Quelques derniers coups de feu retentissant isolés indiquent que, de loin en loin, un Kurde achève un blessé qui s'obstine à ne pas mourir.

Les bourreaux s'avancent alors vers le lamentable troupeau que forment les femmes, les jeunes filles et les enfants. A moitié folles de terreur, serrant les petits contre leurs poitrines, les mères regardent venir ces Turcs, dont quelques-uns sont rouges de sang des pieds à la tête. Les voici au milieu d'elles : leurs yeux luisent... ils ricanent... Les femmes,

qui viennent de voir mourir leurs maris, leurs
pères et leurs fils, ne sont pas au bout de leur
martyre ! Déjà, les barbares ont saisi quelques
enfants et, les emportant jusqu'aux rochers
voisins, les ont jetés dans la mer. A présent, ils
dénouent furieusement les bras maternels qui
enserrent des bébés. Les yeux secs, des mères
étranglent elles-mêmes leurs petits, pour que
le Turc ne les torture pas. Des cris déchirants,
des cris de terreur et de douleur montent vers
le ciel, des supplications ardentes, des clameurs de folie et d'agonie...

Les enfants, les uns après les autres, sont
arrachés à leurs mères. Les bourreaux les
tenant par les pieds, leur brisent le crâne sur
les rochers (*), ou bien, les saisissant à deux
mains, d'un seul coup, leur cassent les reins
sur leurs genoux.

« Pitié ! Pitié ! » Les tigres ont-ils pitié ?
Par endroits des scènes terrifiantes, que l'ima-
gination peut à peine se représenter, se dérou-
lent. Dans un coin, deux Kurdes, ivres de
carnage, se sont emparés d'un même enfant,

(*) Le consul des Etats-Unis, à Trébizonde, a relaté,
dans son rapport, cette série d'atrocités inouïes :
« ... On tuait, a-t-il écrit, les enfants en leur brisant
le crâne contre les rochers ; les hommes ont été exécutés en masse, etc... »

l'un par une jambe, l'autre par un bras... Ils ont tiré ensemble, en sens contraire, avec tant de violence que le bras de l'enfant, arraché, reste aux mains de l'un d'eux. Un cri de souffrance, horrible entre tous les autres, a traversé l'air... La mère qui, folle de douleur, s'est jetée sur les monstres, est assommée d'un coup de crosse. Mais alors, pour les bourreaux, cela devient un jeu : il semble qu'ils se grisent de leur propre barbarie. A deux, à trois, à quatre, ils écartèlent de pauvres petits êtres dont ils jettent ensuite les membres et les corps pantelants aux quatre coins de l'horizon !...

Quand les petits sont tous morts, la horde passe aux femmes. La plupart meurent égorgées à coups de couteau, éventrés à coups de sabre... Les hurlements des victimes sont si effroyables qu'on les entend de Trébizonde.

Un médecin grec, le Dr Métaxa, témoin de ces scènes d'épouvante, en devint fou sur place.

***

Le métropolite grec et M. Crawford, consul des Etats-Unis, avaient réussi à sauver, le premier, deux cents, le second, trois cents enfants, mais, un beau jour, sur l'ordre de Naïl bey, chef du comité Union et Progrès, le vali les leur retire pour les placer dans de soi-disant orphelinats ouverts sous le contrôle du gouvernement.

Là, les pauvres petits, privés de soins et de nourriture, périssent en grand nombre. Sur la protestation du métropolite grec et du consul américain, les autorités, déclarant que le climat insalubre était cause de tant de morts, envoient les survivants hors de la ville et, là, s'en débarrassent définitivement en les faisant massacrer.

* * *

Aucun Arménien de Trébizonde ne fut volontairement épargné. Ceux qui s'étaient réfugiés dans des familles amies grecques ou turques, en furent arrachés et mis à mort. Cent cinquante jeunes filles avaient réussi à se cacher en ville, grâce à la protection du métropolite grec. Les autorités turques en eurent connaissance ; elles les firent enlever « manu militari » et toutes furent violentées ou égorgées, quelques-unes en pleine rue, devant la porte même du métropolite (*).

« ... Les dix plus jolies des jeunes filles, que l'on avait gardées, furent placées, par un membre du

Je dois mentionner, enfin, le meurtre de l'archevêque arménien, Mgr Tourian, qui, invité à
se rendre à Erzéroum pour comparaître devant
le tribunal, fut assassiné en cours de route.

***

Les maisons arméniennes furent démeublées
par la police. Il n'y eut pas d'inventaire ; tout
ce qui avait de la valeur fut entassé dans des
magasins. Ce qui fut laissé fut volé par la
populace, qui, en outre, suivait, comme une
meute de loups, les convois de déportés pour
s'emparer de tout ce qu'il était possible de
prendre.

Ce pillage des maisons arméniennes dura
plusieurs semaines.

Les horreurs commises furent telles qu'elles
indignèrent et terrifièrent une partie de la
population musulmane qui s'efforça, au moins
pendant les premiers jours, de sauver quelques victimes. Un Turc, Echadir Oglou, tenta

Comité Union et Progrès, dans une maison, pour y
servir à ses plaisirs et à ceux de ses amis ; les autres
furent dispersées dans des maisons musulmanes... »
Rapport du consul des Etats-Unis (28 juillet 1915).

même de s'opposer, les armes à la main, aux tueries, mais il fut tué, dans les montagnes, avec quelques Arméniens des villages environnants, qui s'étaient joints à lui.

*
* *

Puis, comme à Erzeroum, les biens des Arméniens de Trébizonde furent vendus aux enchères publiques, d'abord exclusivement aux Turcs du parti Union et Progrès, puis indistinctement à tous les Turcs. Enfin, avant l'évacuation de la ville, les Grecs furent autorisés également à s'en rendre acquéreurs, mais leur métropolite leur interdit ces achats.

*
* *

A Trébizonde, l'œuvre d'extermination a été complète. Sur les 14.000 Arméniens qui habitaient la ville, il ne reste plus que *deux familles* arméniennes et *quatorze femmes* isolées qui, grâce à la protection de Grecs, ont réussi à échapper à la férocité turque. En outre, selon l'opinion du consul américain, on pourrait espérer retrouver dans les villages environnants quelques centaines de petits enfants arméniens (*).

✱ ✱

Trois hommes, en particulier, un Turc et deux Allemands, portent le poids des massacres de Trébizonde, dont ils furent les organisateurs.

Ce sont :

Naïl bey, président du parti Union et Progrès, de Trébizonde ;

L'officier d'artillerie allemand Schtanger ·

L'ex-consul allemand de Tiflis, Schullenberg.

Parmi la horde sauvage des massacreurs, les « tchétas », les gendarmes et les Turcs Deunmés se distinguèrent par leur férocité.

(*) Depuis cette époque (Avril 1916), environ un millier d'Arméniens ont été retrouvés dans la ville et surtout dans les villages des environs.

L'effroyable calvaire des déportés.

Le crime épouvantable de la Turquie, cette extermination systématique de tout un peuple chrétien, est, je le répète, le crime du gouvernement turc et de l'Allemagne.

Presque partout, en effet, à mesure que l'avance des armées russes a permis de connaître toute la vérité et l'ampleur du désastre, presque partout, dis-je, il apparaît qu'une partie de la population musulmane, comme à Trébizonde et à Erzeroum, vivait en bonne intelligence avec les Arméniens et ne désirait qu'à continuer à vivre ainsi. Il se trouva même certains fonctionnaires, malheureusement peu nombreux, qui se montrèrent pitoyables, firent ce qui était en leur pouvoir, pour atténuer l'atroce rigueur des ordres, qu'ils recevaient du gouvernement turc, et n'obéirent à ses injonctions qu'à contre-cœur.

A celui-ci incombe donc tout entière la responsabilité du forfait. Mais il ne faut pas oublier, mais il faut répéter et proclamer que, pour empêcher ce forfait, pour en arrêter l'exécution, il eut suffi d'une seule démarche de l'Allemagne, d'un seul mot de ses représentants auprès d'Enver Pacha, — cet Enver Pacha qui déclarait froidement : « Je ne veux plus de chrétiens en Turquie. » — Or, l'Allemagne n'a pas fait un geste, n'a pas dit un mot. Mieux que cela, elle a aidé les bourreaux de ses conseils.

*
* *

A Constantinople, dans la nuit du 28 au 29 avril 1915, toutes les notabilités intellectuelles arméniennes, dont il importait d'étouffer la voix : députés, professeurs, médecins, artistes, hommes de lettres, etc., sans distinction de parti ni de religion, furent arrêtées, expédiées dans l'intérieur, et, en général, assassinées en cours de route. Tous les intellectuels de l'intérieur subirent le même sort. Sans actes d'accusation, sans aucun jugement, sans même l'ombre d'un prétexte, sinon qu'ils étaient Arméniens, tous furent emprisonnés, tués ou déportés... En même temps, on procédait au désar-

mement de toute la population arménienne et
à l'armement des musulmans ; on organisait
des bandes de Kurdes ; on faisait sortir des
prisons les malfaiteurs, pour en faire des « tchétas » chargés, par la suite, d'escorter les
déportés.

Le décret monstrueux du 20 mai (2 juin) 1915
par lequel Enver Pacha, ministre de la guerre,
ordonna, au nom du comité jeune-turc, la
déportation de tous les Arméniens des vilayets
d'Arménie, d'Anatolie et de Cilicie, dans les
déserts arabiques, situés au sud de la ligne de
Bagdad, sonna le glas de ce peuple.

Cette déportation, en effet, ne fut pas autre
chose que l'extermination en trois actes successifs : le massacre — la caravane — le désert.
L'assassinat d'un peuple par étapes !

L'opération commença par un ordre venu de
la capitale et affiché dans toutes les villes et
tous les vilages. Les hauts fonctionnaires turcs
reçurent les instructions « utiles ». Le télé-
phone et le télégraphe apportèrent leur rapi-
dité dans la transmission des ordres d'assassinat.

Toute la population arménienne dut se tenir
prête, dans un délai extrêmement court, pour
être déportée dans des districts éloignés qu'on
ne pouvait atteindre qu'en marchant, non pas

des jours, ni même des semaines, mais des
mois entiers !

A cette mesure inhumaine, s'ajouta, on l'a
vu, la confiscation de tous les biens et propriétés, confiscation qui devait transformer le peuple le plus actif, le plus travailleur et le plus
cultivé de l'Orient, en un peuple de mendiants.

Dans quelques villes, on autorisa ceux qui en
avaient les moyens à se procurer — à prix
d'or — des voitures ou des bêtes de somme ;
mais chaque fois, ou presque chaque fois, ces
moyens de transport leur furent enlevés dès la
sortie même des villes. Et les plus riches,
comme les plus pauvres, ne purent ainsi conserver que ce qu'ils avaient sur le dos. Or,
comme défense expresse avait été faite à la
population musulmane de leur vendre ou de
leur acheter quoi que ce soit, tout fut du même
coup perdu pour eux, et ils ne purent acheter
aucune provision, ni avant de partir, ni au
cours de leur effroyable et lointain exil.

Partout, la première mesure consista à séparer les femmes de leurs maris, à écarter tous
les hommes, à retirer les enfants à leurs
parents. Partout, en cours de route, parfois
dès le départ et même avant le départ, les
femmes et les jeunes filles les plus jolies, surtout celles des familles aisées, furent enlevées,

enfermées dans des maisons particulières, et souvent même dans des maisons publiques.

Puis les malheureux durent se mettre en route à travers les montagnes arides et les vallées désertes d'Anatolie. Sous la chaleur accablante de l'été, sous le soleil mortel, ces masses humaines, affamées, épuisées, bientôt en guenilles et nu-pieds, durent partir vers l'exil inconnu où, elles le savaient, il n'y avait pour elles aucune espérance.

C'est sous le fouet et le bâton que les gendarmes d'escorte faisaient marcher les infortunés, et ceux qui tombaient d'épuisement étaient achevés à coups de baïonnette et de sabre.

Les caravanes étaient harcelées sans trêve par des bandes kurdes, qui massacrèrent la plupart des survivants et enlevèrent les jeunes femmes et les jeunes filles. En de nombreux endroits, enfin, comme dans le défilé de Kémagh-Bhogaz, où, à douze heures d'Erzindjan, l'Euphrate coule dans une gorge étroite, entre des parois de rochers escarpés, on procéda, pour en finir plus vite, à des exécutions collectives, à des massacres en masse. C'est à peine si un quart des déportés arrivèrent à destination.

*
* *

Or, il ne faut pas oublier que cette déportation, ces massacres, ces pillages, ces enlèvements, ces viols, ces claustrations dans les
harems, ces ventes d'enfants, de jeunes filles et
de jeunes femmes, frappent des familles dont
les membres, hommes, femmes, jeunes gens et
jeunes filles, ont, pour la plupart, reçu une cul·
ture intellectuelle européenne. Un grand nombre, parmi eux, sont venus s'instruire en
Europe, ou ont été, tout au moins, éduqués et
instruits dans les missions et collèges français,
américains ou allemands de Turquie. Ce ne
sont pas des barbares, mais des gens qui, par
leurs sentiments et par leur culture, sont nos
égaux et par conséquent sont très supérieurs
aux Turcs, même de la classe aisée.

*
* *

Tout ce que je rapporte dans le cours de
cette enquête tragique, toutes les scènes d'hor·
reur et de mort que je raconte, tout cela ne
saurait être contesté. J'ai en mains toutes les
preuves de ce que j'écris.

Le gouvernement turc ne peut nier son

crime, qu'aucune raison militaire ni stratégi-
que ne saurait excuser. Je possède non seulement les dépositions des rares victimes qui ont
échappé à la mort et celles des Russes et de
quelques Français ou Alliés (comme le Révérend Père Bernard, le supérieur de la Mission
Dominicaine française de Van), qui ont été
témoins de la déportation et des scènes de
meurtres qui l'ont accompagnée, mais, en outre,
j'ai des rapports et des dépositions de neutres.
représentants officiels des Etats-Unis (j'en ai
cité) et de l'Italie qui, à ce moment-là, n'était
pas encore en guerre avec la Turquie. J'ai
même, on le verra plus loin, des témoignages
d'infirmières et de médecins des missions allemandes.

Les caravanes de la mort !

Mai 1916.

Les Caravanes de la Mort ! Tel est bien le qualificatif exact qui convient aux lamentables troupeaux des déportés, épargnés par les premières tueries, s'en allant, dépouillés, épuisés, poussés par leurs bourreaux, vers l'exil et vers le massacre.

Quelques-uns d'entre eux ont miraculeusement réussi à échapper aux assassins, à s'évader de ces sinistres troupes de victimes errantes et condamnées...

J'en ai interrogé plusieurs, mais le cauchemar de leurs souvenirs les obsède et les effare. Ils n'osent même l'évoquer. Une stupeur hagarde marque uniformément leurs visages, et il faut insister, les mettre en confiance, pour qu'ils se décident à raconter les scènes d'hor-

reur qu'ils ont vécues, et ils ne le font qu'à
voix basse, en tremblant, en jetant autour
d'eux des regards éperdus, comme si la mort et
les supplices les menaçaient encore.

***

Voici l'un des plus saisissants récits qu'ils
me firent :

« Je suis de la vallée de Mouch (située au
sud d'Erzeroum, entre cette ville et Bitlis),
m'a dit l'un d'eux. Toutes les familles déportées de cette région ont été massacrées en chemin et jetées dans l'Euphrate. Parmi ces
familles se trouvait la mienne : ma mère et mes
trois sœurs avec leurs petits enfants !

« Je n'ai appris leurs morts que plus tard.
J'avais échappé à la déportation et j'étais
caché dans la forêt de Saint-Garabed, où
s'étaient réfugiés tous ceux qui, comme moi,
avaient pu s'enfuir.

« Une nuit, une femme est arrivée jusqu'à
nous. Elle avait un enfant dans les bras, elle
était à demi nue, elle se traînait en gémissant
et elle était si maigre et si pâle, que nous avons
cru qu'elle était morte et que c'était son spec-
tre qui nous apparaissait. Mais elle a parlé.
Elle a dit : « Du pain ! » Elle mourait à la fois

Une mère arménienne qui, le fusil à la main, défendit l'existence
de son enfant.

(Photo Henry Barby).

de fatigue et de faim. Nous n'avions pas de pain, mais seulement du blé en grains que nous faisions griller. Nous lui en avons donné avec un peu de lait caillé desséché... Après, elle a raconté son histoire :

« Elle était du village de Kheybian et appartenait à l'une des familles déportées. Les autorités turques avaient rassemblé les femmes et les enfants des villages de Sordar, de Bazou, d'Assanova, de Salégan et de Kvars, dans le couvent de Saint-Garabed (lieu de pèlerinage près de Mouch. La légende veut que le couvent ait été construit sur l'emplacement d'un temple d'Anahit, la grande déesse protectrice de l'Arménie païenne).

« Tous furent tenus enfermés pendant cinq jours. Après, en les réunissant aux femmes et aux enfants de Meghti, de Paghlou, d'Ourough, de Ziyaret et de Kheybian, on les dirigea vers la route du pont de l'Euphrate en leur adjoignant encore les familles des villages de Tom, d'Herguert, de Norag, d'Alatin, de Goms, de Khachkhaltoukh, de Souloukh, de Khoronk, de Kardzor, de Ghézélaghatch, de Gomer, de Chekhlan, d'Avzaghbour, de Blel, de Kourtmeïdan. Cela faisait, en tout, à peu près *dix mille femmes et enfants.*

« Dès les premiers jours (nous dit celle qui

s'était réfugiée avec nous dans la forêt), les Kurdes, qui nous escortaient, commencèrent à abattre les plus vieilles et les plus faibles qui ne pouvaient pas marcher. La vie de chacun dépendait uniquement du caprice des gardiens. Celles qui furent massacrées les premières furent les plus heureuses. Chaque soir, à chaque étape, ils violentaient, sous les yeux des autres, celles d'entre nous qui leur plaisaient. Je les ai vu prendre ainsi des petites filles de huit à dix ans tout au plus !

Ces horrible scènes se terminaient, chaque fois, par l'assassinat d'un certain nombre d'entre nous, celles qui résistaient et qu'ils abattaient à coups de fusil ou de sabre. Tantôt ils tuaient les enfants quand ils voulaient enlever la mère, tantôt ils les jetaient simplement sur le côté de la route : ceux qui savaient marcher suivaient ou s'accrochaient aux jupes d'une autre femme ; les tout petits restaient là et mouraient le lendemain, ou le surlendemain. Quiconque voulait les prendre et les porter était impitoyablement frappé.

« Ainsi, en pleine terreur, notre caravane immense avançait lentement, jalonnant la route de cadavres...

« Chaque fois que nous approchions d'un village kurde, les hommes et les femmes nous

entouraient et nous arrachaient ceux de nos
nos vêtements qui leur convenaient. Bientôt
nous fûmes toutes à demi-nues.

« On distribuait, tous les deux jours, un peu
de pain, mais il n'y en avait pas pour tout le
monde et, quand les provisions que nous avions
emportées furent finies, il fallut, pour manger,
arracher des épis dans les champs de blé, le
long de la route.

« Beaucoup, ne pouvant supporter le manque de nourriture, moururent de faim ou de
faiblesse. Du matin au soir, il fallait marcher
sous le soleil torride d'été, qui nous brûlait, et
sans rencontrer d'eau buvable, parfois pendant
des journées entières. Nous étions folles de
soif ! Quand on rencontrait une source, on se
battait et on se piétinait pour boire à la hâte,
car il était défendu de s'arrêter. Les premières
arrivées réussissaient à se désaltérer, mais les
suivantes ne trouvaient plus qu'une eau bour-
beuse, souillée par la cohue qui se pressait et
se battait autour de la source. Combien d'enfants tombèrent et furent écrasés dans ces
bousculades, tandis qu'à coups de sabre, nos
gardiens turcs ou kurdes chassaient ceux qui
s'attardaient.

« Chez certaines d'entre nous, l'horreur et
l'angoisse continuelles avaient annihilé jus-

qu'au sentiment maternel. Dans l'affolement, dans la torpeur qui pesaient sur nous toutes, plusieurs mères épuisées de fatigue, de faim et de soif, commencèrent à abandonner, sur la route, leurs enfants qu'elles ne pouvaient plus porter.

« La condition des mères qui avaient plusieurs enfants était particulièrement terrible. Celles qui en sauvaient un étaient considérées comme des heureuses et comme des vaillantes.

« Quelques-unes d'entre nous réussirent à échapper à la surveillance féroce des gardiens et à se cacher dans les champs de blés, avec l'idée qu'elles pourraient ensuite se réfugier dans les montagnes du Sassoun. Beaucoup se sont noyées en voulant traverser l'Euphrate...

* *

J'ouvre ici une parenthèse : Des Kurdes de la région, que j'ai personnellement interrogés, m'ont raconté que les « tchétas » avaient traqué et rassemblé ces malheureuses, cachées dans les champs de blé de Kourdmeïdan et de Chekhlan, et qui, avec leurs enfants, étaient au nombre d'environ cinq cents. Sur l'ordre de Réchid pacha, elles furent conduites au village de Chekhlan, où on les parqua dans quelques bâtiments servant de granges et d'abris, à l'extrémité du village. Déjà, elles se réjouissaient d'avoir échappé à la torture de la route infernale, quand Réchid pacha donna un nouvel ordre.

Quand le soir vint, quand les portes des granges furent fermées, quand, à demi-confiantes, les mères, épuisées de fatigue, commencèrent à s'endormir avec leurs enfants couchés sur leurs bras, les Kurdes amoncelèrent des bottes de paille autour des bâtiments, puis, tranquillement, y mirent le feu. En quelques minutes tout flamba.

S'imagine-t-on le réveil brusque et terrible des malheureuses ! Elles se ruèrent vers les portes fermées, elles se déchirèrent les mains contre les murs. Des cris effroyables, des hurlements de souffrances retentirent dans la nuit. Puis tout cessa. Cinq cents femmes, avec leurs enfants, étaient mortes, brûlées vives.

*
* *

Je reprends le récit de l'Arménienne :

« Quant à moi, je n'ai pas essayé de m'enfuir. J'avais quelques piastres et j'espérais pouvoir arriver à vivre.

« Lorsque nous avons eu franchi les monta-

gnes de Khozmo, ceux qui nous conduisaient
quittèrent la direction du sud et nous poussè-
rent vers l'ouest, le long de l'Euphrate. Dans
le pachalik de Kindg, notre escorte fut chan-
gée. Nos nouveaux gardiens se montrèrent
plus féroces encore que les anciens, et, avec
eux, nous arrivâmes dans le district de Tchabaghdjour.

« La route suivait une vallée très profonde
et très encaissée, puis nous débouchâmes dans
une petite plaine, bordée par l'Euphrate.
O surprise ! on nous ordonna de nous arrêter
pour nous rassembler.

« Nous étions là, depuis une demi-heure à
peine, savourant le court répit qui nous était
accordé, les mères baignant les pieds endoloris
de leurs enfants, quand, venant de la direction de Tchabaghdjour, parut soudain une
bande de Kurdes nombreuse. Ils nous entourèrent, et, tout à coup, ils se mirent brusquement à tirer sur nous, dans le tas, avec leurs
fusils, en même temps qu'ils nous criaient un
ordre horrible : « Sautez dans le fleuve !...
Sautez !... »

« Le crépitement des fusils couvrait nos hurlements de terreur, nos cris de souffrance et de
désespoir. Presque toutes les balles portaient
dans la foule des femmes et des enfants qui se

bousculaient en pleine folie. Beaucoup d'entre nous obéirent à l'ordre que les Kurdes ne cessaient de nous crier et se jetèrent dans l'Euphrate. Je me jetais moi-même dans l'eau.

A ce moment, la fusillade redoubla. Les têtes, à la surface de l'eau, servaient de cible aux bons tireurs. Cependant je n'avais pas lâché mon enfant et, comme je sais bien nager, je pus, en le soutenant hors de l'eau, me laisser porter par le courant, au milieu d'une masse de cadavres qui flottaient et me cachaient. Les Kurdes ne me virent pas et je réussis à atteindre l'autre rive et à me réfugier dans les broussailles.

« La nuit vint. Il n'y avait plus rien de vivant sur les dix mille que nous étions ! Des centaines de mortes, tuées à coups de fusils, gisaient, empilées, sur la rive, là-bas. Il y avait des milliers de femmes et d'enfants noyés, que l'Euphrate emportait. Alors les Kurdes s'en allèrent, avec le peu de butin qu'ils avaient pu ramasser et en emmenant les quelques jeunes femmes et jeunes filles, qu'ils avaient mises à part, parce qu'elles étaient jolies.

« Pour moi, quand il fit tout à fait nuit, je

quittai ma cachette, et, en me guidant sur le fleuve, je remontai vers Mouch. Je me cachai le jour et je marchai la nuit. Je mangeai des grains de blé crus...

« J'avais entendu dire qu'il y avait des Arméniens, réfugiés dans les montagnes autour du couvent de Saint-Garabed et je suis venue..... »

« .....Voilà, termina l'Arménien, ce que nous a raconté la femme qui vint nous trouver une nuit, dans la forêt de Saint-Garabed.

« Deux jours après son arrivée, l'enfant de cette femme mourut. Cinq jours après la femme elle-même fut tuée, quand des réguliers turcs vinrent dans les bois pour nous y pour-chasser, nous, les Arméniens, qui nous y étions réfugiés. »

Le récit de deux infirmières allemandes.

Voici un témoignage qu'on récusera diffici-
lement en Allemagne, car il émane de deux
infirmières de la Croix-Rouge allemande au
service de la « *Deutsche Militarmission* » (*).
Toutes deux assistèrent aux tragiques journées d'Erzeroum et d'Erzindjan. Là, elles restèrent sept semaines, et, pendant ce temps, le
docteur d'état-major — un médecin allemand — qui était leur chef, défendit expressé-
ment à tout son personnel de la Croix-Rouge
de secourir les déportés et d'avoir avec eux le
moindre rapport.

(*) Le récit de ces deux infirmières, daté du 29
juillet 1915, a paru, in-extenso, dans la brochure :
*Quelques documents sur le sort des Arméniens en
1915* (Genève, Société générale d'imprimerie).
L'une de ces infirmières est Mlle Flora A. Wedel-
Yarlsberg, d'origine norvégienne.

Les deux infirmières allemandes, révoltées
par l'atroce cruauté que déployaient les Turcs,
ne purent se retenir d'exprimer leur indignation. Cela leur valut d'être immédiatement
chassées de leur poste par le médecin allemand
qui leur déclara qu'elles « trahissaient ».

***

« Vers le 14 juin 1915, racontent-elles, les
convois de déportés sont attaqués dans le défilé
de Kémagh-Boghaz, et complètement pillés.
La plupart des exilés sont massacrés. Deux
jeunes institutrices arméniennes, qui ont
réussi à échapper à la mort, déclarèrent que la
caravane avait été prise sous les feux croisés
des Kurdes, qui l'assaillaient en tête, et des
réguliers turcs, qui la fusillaient par derrière.
Les deux Arméniennes se jetèrent à terre et
feignirent d'être mortes. Elles purent ensuite
regagner Erzindjan par des chemins détournés
et en donnant de l'argent aux Kurdes qu'elles
rencontraient. L'une d'elles était accompagné
par son fiancé, habillé en femme, déguisement
qui lui avait été procuré par un Turc, un de
ses camarades de classe. Quand les fugitifs
arrivèrent à Erzindjan, un gendarme voulut
s'emparer de la jeune fille ; le fiancé la défen-

dit, il fut tué sur-le-champ et les deux Arméniennes saisies et enfermées dans des maisons
turques, où on les contraignit à se faire musulmanes.

« Elles nous firent donner ces nouvelles par
un jeune médecin, qui visitait les malades dans
notre hôpital, ajoutent les infirmières allemandes. Elles nous faisaient demander de les
emmener avec nous à Kharpout, où elles
avaient été élevées. Si elles avaient du poison,
disaient-elles, elles s'empoisonneraient !

Le soir du 11 juin, les deux infirmières
voyant rentrer, chargés du butin, à Erzindjan,
des soldats réguliers de la 86e brigade de cava-
lerie, les questionnèrent.

« Ces soldats nous décrivirent comment les
Arméniens désarmés avaient été tous massacrés. Il avait fallu quatre heures. Les femmes,
à genoux, hurlaient, suppliaient en vain les
massacreurs. Nombre d'entre elles se jetèrent
dans l'Euphrate avec leurs enfants.

« C'était horrible ! » nous a avoué, à voix
basse, un jeune soldat turc qui n'avait pas la
mentalité de ses camarades ! « Je n'avais pas
« le courage de tirer..... Je fis semblant de le
« faire... » Ses camarades nous dirent que
quantité d'enfants morts gisaient sur la
route..... »

⁂

Les deux infirmières allemandes racontent ensuite que les jours suivants, dans les champs de blé, alors hauts, on fit la chasse aux Arméniens, qui, en grand nombre, s'y étaient cachés.

« Constamment, ajoutent-elles, arrivaient des caravanes de déportés, qui, ensuite, étaient emmenés au massacre. Les témoignages que nous avons recueillis sont unanimes à ce sujet. Plus tard, notre cocher, un Grec, qui avait assisté à plusieurs tueries, nous raconta qu'on liait les mains des victimes et qu'on les précipitait dans le fleuve, du haut des rochers. Ce moyen, que les meurtriers jugeaient plus expéditif, était employé quand les victimes étaient très nombreuses.

« Le 17 juin, au soir, nous allâmes avec le pharmacien G... de la Croix-Rouge, faire une promenade. (Notre compagnon éprouvait pour les cruautés turques la même horreur que nous ; il dit nettement ce qu'il pensait à ce sujet et cela lui valut comme à nous, de recevoir son congé). Nous rencontrâmes un gendarme qui nous avertit qu'à dix minutes de là, était arrêté un grand convoi d'expulsés de Baïbourt. Il nous défendit d'y aller, mais nous raconta d'une manière saisissante, comment les hommes, faisant partie de ce convoi, avaient été massacrés. Aux cris de : « Kessin ! Kessin ! Guéliorlar !... » (Tuez ! Tuez !... Ils arrivent !...) on les avait précipités du haut des rochers dans le fond de la gorge. Il nous décrivit comment, dans chaque village, les femmes avaient été violentées, comment lui-même s'était emparé d'une jeune fille, comment, pendant la marche, on cassait la tête des enfants quand ils criaient trop fort, ou retardaient l'allure.

« Le lendemain matin le convoi des déportés passa devant notre maison, sur la route qui mène à Erzindjan. Nous suivîmes les malheureux jusqu'à la ville, une heure de marche environ. C'était une troupe très nombreuse de femmes et d'enfants parmi laquelle il y avait deux ou trois hommes seulement. La plupart des femmes avaient l'air de folles. Elles criaient : « Pitié ! Pitié ! Sauvez-nous, nous « nous ferons musulmanes ! nous nous ferons « ce que vous voudrez !... nous nous ferons « Allemandes !... » Des gendarmes à cheval les poussaient en avant, brandissant leurs fouets, cinglant celles qui s'attardaient. Beaucoup de Turcs venaient prendre des enfants et des jeunes filles.

« A l'entrée de la ville, le chemin de Ké-

magh-Boghaz se détache de la grande route. Il
y avait là comme un marché d'esclaves. Nous
prîmes nous-mêmes six enfants — de trois à
quatorze ans — qui s'accrochaient à nous. Et
ensuite encore une petite fille. Avec eux, nous
retournâmes à l'hôpital, tandis que le troupeau des misérables continuait sa route en
hurlant de douleur. »

*
* *

Les deux infirmières, pourtant, ne purent
garder les enfants qu'elles avaient sauvés.

Quelques jours plus tard, le Mutasserif d'Erzindjan, d'accord avec le docteur allemand,
les leur reprit, et elles-mêmes, le 21 juin,
furent chassées de l'hôpital, en punition de
leur geste de pitié.

Le long de leur route, chaque jour, elles
assistèrent à des massacres, à des scènes
d'épouvante et d'horreur. Le gendarme qui les
escortait leur raconta qu'il avait convoyé une
caravane de trois mille femmes et enfants de
Mamachatoun. Il termina son récit par ces
simples mots : « Tous loin, tous morts ».

Au village d'Endéress, où elles passent la
nuit, elles sont réveillées par une vive fusillade.
Dix Arméniens viennent d'être tués. Elles ren-

contrent un groupe d'ouvriers arméniens, qui viennent d'achever les travaux de voirie. Ils sont quatre cents. On les aligne en haut d'une pente du terrain et on les massacre sous leurs yeux.

Deux jours avant d'arriver à Sivas, elles assistent au même spectacle : Dix gendarmes fusillent les Arméniens ; des ouvriers turcs achèvent à coups de couteau, à coups de pierre, ceux qui respirent encore.

« Une nuit, racontent-elles encore, nous couchâmes dans une maison arménienne. Les femmes qui l'habitaient venaient d'apprendre que tous les hommes de la famille avaient été mis à mort. Elles étaient folles de douleur et nous essayâmes en vain de les calmer...

« Est-ce que votre Empereur ne peut pas « nous secourir ? nous criaient-elles ». Le gendarme qui nous escortait nous dit alors tranquillement : « Ces cris vous gênent, je vais les « faire cesser ». Et ce n'est que sur nos supplications qu'il consentit à épargner les malheureuses. »

***

Les deux infirmières, que leur pitié pour les victimes avait rendues suspectes, finalement furent arrêtées et emprisonnées, le 4 juillet, à Césarée. Il fallut l'intervention des mission-naires américains pour qu'elles fussent remises en liberté.....

Un groupe de cavaliers du 2ᵉ Corps de volontaires arméniens.　　　(Photo Henry Barby).

La route d'horreur et de mort des déserts d'Anatolie.

Juin 1916.

A Erzeroum, en pleine ville, on voit un monument inachevé, dont la construction a été interrompue par l'arrivée de l'armée russe victorieuse. Il était destiné à servir de club aux membres du parti Union et Progrès d'Erzeroum, et il est comme un symbole de leur œuvre de mort, car toutes les pierres employées à sa construction, sont des pierres tombales dérobées au cimetière arménien !...

Un cimetière, une seule et vaste tombe, c'est cela que les Jeunes-Turcs, approuvés par l'Allmagne officielle, ont fait de l'Arménie noyée dans les flots de sang.

.•*
* *

A mesure que j'avance dans mon enquête, chaque jour j'enregistre des crimes plus effroyables, des atrocités nouvelles.

Comment décrire les tortures subies par les femmes arméniennes ?

Les hommes furent moins à plaindre. Massacrés presque immédiatement, ils n'eurent pas longtemps à souffrir, mais les femmes, les mères !..... Y a-t-il dans le monde d'autres femmes, d'autres mères qui aient jamais enduré un martyre comparable au leur ?

La mort pour elles, ne vint qu'après d'atroces souffrances, d'indicibles fatigues, d'interminables jours d'horreur et d'angoisses, où, sans repos, sans pain, sans eau, sous le soleil dévorant, elles se traînaient en longues caravanes, poussées en avant, à coup de fouet, par leur escorte de bourreaux, à travers les déserts d'Anatolie, que jonchaient leurs cadavres et les cadavres de leurs enfants !...

Celles qui étaient jeunes et jolies furent épargnées, réservées aux harems ou à pire encore. Depuis la tragédie, en effet, partout en Asie Mineure, aux portes des villes, se tiennent des marchés d'esclaves fort bien achalandés où l'on vend les femmes, les jeunes filles,

les enfants que les bandes turques ou kurdes
enlevèrent au passage.

⁂

Voici ce qu'a écrit dans son rapport officiel,
à la date du 11 juillet 1915, le consul améri·
cain de Kharpout :

« Dans les premiers jours de juillet, on vit
arriver à Kharpout les premiers convois d'Er·
zeroum et d'Erzindjan, en haillons, sales, affa·
més, malades. Ils étaient restés deux mois en
route, presque sans nourriture, sans eau. On
leur donna du foin, comme à des bêtes ; ils
étaient si affamés qu'ils se jetèrent dessus,
mais les « zaptiehs » les repoussèrent à coups
de bâton et en assommèrent plusieurs sur place.

« Les mères offraient leurs enfants à tous
ceux qui voulaient les prendre. Les Turcs
envoyaient leurs médecins pour examiner
l'état de santé des jeunes filles et pour choisir
les plus jolies pour leurs harems.

« D'après les récits de ces malheureux, la
plupart d'entre eux avaient été tués en route
par les Kurdes, qui faisaient des attaques
constantes, et, beaucoup aussi, étaient morts
de faim et d'épuisement.

« Deux jours après, nouvelle arrivée de

convois. Parmi les déportés se trouvaient trois sœurs qui parlaient anglais et qui appartenaient à l'une des plus riches familles d'Erzeroum. Sur vingt-cinq membres de leur famille, onze avaient été tués en route et le plus âgé des survivants, du sexe mâle, était un garçon de huit ans.

« En partant d'Erzeroum les déportés avaient des chevaux, des bagages et de l'argent. En route, on leur avait tout pris, même les vêtements qu'ils avaient sur le corps, et une des jeunes filles était entièrement nue.

« La fille du pasteur protestant d'Erzéroum faisait partie du convoi. Tous les membres de sa famille avaient été tués par les bandes kurdes, qui les attendaient au passage, pour massacrer d'abord les hommes, ensuite les femmes et les enfants. »

Une jeune femme arménienne, échappée aux massacres, m'a raconté ses tortures et celles de ses compagnes. Enlevée par un Kurde — elle était jolie — elle a vu ses enfants éventrés sous ses yeux par son ravisseur..... Hagarde encore de désespoir, de peur et d'horreur, d'une voix entrecoupée de sanglots, elle me fait le récit d'atrocités inouïes.

Elle a vu, dans la caravane funèbre, une mère ayant avec elle ses six enfants. La malheureuse, épuisée de fatigue, portait les deux plus petits et traînait les quatre autres accrochés à sa jupe.

L'un de ces derniers, n'en pouvant plus, les pieds en sang, tombe sur le chemin ; la mère s'arrête, se penche vers lui, mais soudain un fouet s'abat sur elle, lui laboure le visage, et les bourreaux, à force de coups, la poussent en avant, l'obligent à continuer sa route, à laisser là le petit qui mourra où il est tombé...

La caravane avance péniblement, mais tout à coup des cris d'effroi et de douleur, une course éperdue !..... A l'arrière, une bande de Kurdes, descendus des montagnes, vient d'ouvrir le feu. Les victimes tombent nombreuses, et la caravane fuit, emportée par un galop d'épouvante.....

Puis le calme revient, la marche, le calvaire continuent..... Au passage des rivières, des mères se jettent dans le courant avec leurs enfants, d'autres, folles de souffrance, étranglent les leurs et, quand surgissent les Kurdes, des femmes et des jeunes filles se tuent pour échapper à l'outrage.....

Ainsi va la caravane, affolée d'angoisse et de terreur, de souffrance, de fatigue et de faim, à travers les montagnes et les vallées désertes.

*
* *

Je ne sais, parmi tant d'horreurs sans nom, quelles scènes de meurtres ou de sadisme, choisir plutôt que telles autres, pour donner une idée complète de l'effarant martyre du peuple arménien.

A force de tuer, d'égorger, d'éventrer, de violer, les Turcs et les Kurdes furent bientôt blasés.

Ils s'ingénièrent alors à inventer d'infernales cruautés pour torturer l'âme de leurs victimes avant de torturer leur corps. Et les scènes effroyables se multiplient.

Devant les mères, qu'ils alignent et contraignent à regarder, ils éventrent les enfants qu'ils accrochent ensuite aux murs, en grappes sanglantes, comme à un étal de boucher, puis, sous le fouet, ils obligent les pauvres femmes, hurlantes d'épouvante et de douleur, à s'éloigner, tandis que les petits corps palpitants encore, restent abandonnés aux vautours.

**

Autre exemple : Une noyade :

Sur les sables brûlants de la rive de l'Euphrate, une troupe de déportés, des femmes pour la plupart, est affalée. Harassées, brisées, à demi-mortes, ces femmes attendent que leur escorte organise la traversée du fleuve à l'aide des radeaux qui sont là, échoués.

De leurs groupes s'élève un murmure plaintif où se mêlent des râles d'agonie et des gémissements d'enfants.

Un officier turc survient. Il lance un ordre bref aux gendarmes :

— Rassemblez les enfants !

Les mères, aussitôt, sans savoir encore ce que l'on veut faire, crient de désespoir, supplient, s'accrochent aux petits qu'elles portent, mais les gendarmes les leur arrachent et font monter tous les enfants sur les radeaux. Ceux-ci sont faits de poutres assemblées par des cordes.

— Coupez les cordes ! ordonne froidement l'officier turc.

Les gendarmes obéissent ; ils coupent les cordes qui relient les poutres, puis ils poussent en plein courant les radeaux qui se disloquent, qui s'ouvrent sous les pieds des enfants.....

Les mères, éperdues d'horreur, hurlent. De petites voix plaintives appellent au secours, qui s'étouffent bientôt.....

Le flot qui a séparé les poutres sur lesquelles des enfants restent aggrippés, en ramène quelques-unes vers la berge. Les gendarmes les repoussent au large avec leurs fusils. Les enfants tendent leurs petites mains vers leurs mères, glissent et sont engloutis. Et, peu à peu, sur la surface de l'Euphrate, il ne reste plus que quelques pièces de bois que le courant entraîne.....

Les contrées d'épouvante.

Juillet 1916.

Quiconque, actuellement, parcourt l'Arménie désolée, ne peut s'empêcher de frissonner devant la saisissante éloquence de ses horizons infinis de ruines, de dévastation et de mort ! Pas un feuillage, pas une mousse, pas une roche, qui n'aient vu égorger des êtres humains et qui n'aient été éclaboussés par le sang répandu à torrent. Pas un cours d'eau, fleuve ou rivière, qui n'ait charrié vers l'éternel oubli des centaines, des milliers de cadavres. Pas un précipice, pas une gorge qui ne soit une tombe à ciel ouvert, dans laquelle les squelettes blanchissent entassés, en plein air, car presque nulle part, en effet, les massacreurs n'ont pris le temps, ou la peine, d'enterrer leurs victimes.

Dans ces vastes contrées, animées naguère

par de nombreuses et florissantes agglomérations arméniennes, règne, aujourd'hui, la désolation et la solitude. De la mer Noire à la
frontière persane tout est ravagé et désert.

*
* *

Dans les contrées encore turques l'extermination de la population arménienne paraît
avoir été plus complète, plus systématique
encore, que dans les régions qui avoisinent la
frontière du Caucase, les bourreaux ayant eu
le temps d'y agir à loisir. Kharpout en est un
exemple.

« A Kharpout, — écrit le consul américain de
la ville, que j'ai déjà cité, — les mesures de
déportation commencèrent par l'arrestation
de plusieurs milliers d'hommes. On les condui-
sit de nuit dans les montagnes voisines. Parmi
eux, se trouvaient le prélat arménien, les
professeurs du collège américain et les notables de la ville, ainsi que tous les soldats arméniens et tous les hommes qui, soumis à la cons-
cription, avaient payé la taxe d'exemption.
Aucun d'entre eux ne revint.

« Le 5 juillet, au matin, on arrêta encore huit
cents hommes. Le lendemain, on les expédia
dans les régions désertes de la montagne. Là,

ils furent attachés par groupes de quatorze — c'était le nombre que permettait la longueur de la corde — et on les fusilla.

« Dans un village voisin, un autre groupe d'Arméniens furent enfermés dans la mosquée et dans les maisons environnantes. On les y laissa trois jours, sans boire ni manger, puis on les emmena dans une vallée, à peu de distance, on les adossa à une paroi de rochers et on les fusilla. Ceux qui respiraient encore furent achevés à coups de baïonnette et à coups de couteau.

« Aucune accusation n'avait été formulée contre aucun de ces hommes et leur exécution ne fut précédée d'aucune sorte de jugement. Le trésorier du collège américain se trouvait parmi les victimes.

« Le 10 juillet, nouveau massacre de plusieurs centaines d'Arméniens, à deux heures de la ville.

« Mêmes exécutions dans tous les villages arméniens des environs : Trois cents tués à Etschmé et à Habrer... »

∴

D'atroces raffinements de cruauté accompagnaient, en général, ces exécutions sauvages.

Sur le chemin de Sivas à Kharpout — un demi-million environ d'Arméniens ont été déportés par cette voie — des officiers turcs ordonnèrent de séparer les hommes des femmes. Les femmes, terrorisées, sont réunies en un groupe et à quelques pas d'elles, on fait placer sur un rang les hommes, liés l'un à l'autre avec des cordes. Tout cela se fait sans hâte, avec méthode, pendant que les officiers turcs fument tranquillement des cigarettes, causent avec les femmes, serrent de près les plus jolies de ces malheureuses, qui, craignant qu'un geste de révolte ne provoque la mort de leur mari, de leur frère, ou de leur père, restent tremblantes, soumises.....

Tout à coup l'un des officiers, donne un ordre. Un gendarme de l'escorte, *un seul*, charge son fusil, va se placer devant l'une des extrémités de la longue file des hommes, épaule et fait feu. Un Arménien tombe..... Le gendarme recharge, tire de nouveau..... Les femmes jettent des cris d'horreur. Les hommes terrifiés comptent les coups de feu qui les abattent *un à un*.....

Quand le dernier Arménien est tombé, les gendarmes rassemblent, en les frappant sans pitié, les femmes, atterrées, horrifiées, et les poussent en avant.

Celles qui refusent d'avancer sont assommées sur place, et la caravane s'éloigne, laissant sur la route les victimes, dont quelques-unes tressaillent encore dans les spasmes de l'agonie.

Cette route de Sivas à Kharpout a été le théâtre de telles hécatombes d'Arméniens, que les voyageurs qui, l'été dernier, y passèrent, rapportèrent qu'elle était un « enfer de putréfaction ». On ne pouvait plus même s'y arrêter pour abreuver les chevaux. Une odeur effroyable s'exhalait des milliers de cadavres sans sépulture. Tout était infesté et l'eau des rivières et des puits eux-mêmes était corrompue.

Aujourd'hui, dans toute cette région, les crânes humains sont si nombreux, que le voyageur, de loin, croit apercevoir d'immenses champs de melons mûrs.

Dans les districts de Bitlis, de Mouch et de Sassoun, où vivaient environ 150.000 Arméniens, il n'en existe plus aujourd'hui qu'une dizaine de mille, encore ne sont-ce, en général, que des femmes et des enfants, dont l'état de misère est lamentable. Quelques hommes, en outre, survivent, esclaves dans les tribus kurdes.

A Bitlis, les massacres ne commencèrent qu'en juillet 1915, après la retraite provisoire des troupes russes de Van. Ils prirent, dans cette ville, un caractère périodique, les Arméniens réfugiés dans les villages kurdes ou turcs, ou dans les montagnes, étant par séries ramenés à la ville pour y être mis à mort. Les artisans, charrons, maréchaux-ferrants, tailleurs, cordonniers, dont l'armée turque avait besoin, furent tout d'abord épargnés, mais, quelques jours avant la prise de Bitlis, par les volontaires arméniens et les soldats russes, tous furent égorgés.

Et là aussi, dans tous les villages de cette région et dans Bitlis même, on retrouve des tas d'ossements humains : ce sont les squelettes de ces malheureuses victimes arméniennes.

Presque tous les puits de blé — dans la région le grain est conservé dans des trous profonds creusés dans le sol — sont comblés d'ossements humains entassés !

Des 18.000 Arméniens qui habitaient Bitlis,

il ne survit que trois à quatre cents femmes et enfants, tous islamisés.

* * *

Dans la vallée florissante de Mouch qui remonte vers le nord-ouest, entre les hautes cîmes du Taurus et du Sassoun, les villages arméniens se comptaient par centaines. Là se déroulèrent de diaboliques atrocités.

L'organisateur en fut le vieux chef de bandits Kurdes, Moussa-Beg, déjà sinistrement célèbre du temps d'Abdul-Hamid et dont les innombrables crimes restèrent toujours impunis.

Il fut secondé par son petit-fils, un adolescent de seize ans à peine, et c'est ce dernier qui, avec l'aide de cavaliers kurdes, réunit 8.000 Arméniens à Avzoud, sous le prétexte de les déporter, et là, les fit massacrer ou brûler vifs.

* * *

Certains musulmans, eux-mêmes, reconnaissent que les crimes du gouvernement turc sont sans excuse.

Ils disent que ni le Coran ni le Chériat ne

permettent de telles choses et que le ciel, tôt ou tard, punira la Turquie.

Un fait significatif s'est, à ce sujet, passé au village d'Avzoud. Lorsque les « tchétas », ayant d'abord enlevé les plus jolies et les plus jeunes parmi les Arméniennes, enfermèrent, sur l'ordre de Moussa-Beg, toutes les autres et tous leurs enfants dans une maison du village, et se préparèrent à y mettre le feu, un moula (prêtre musulman kurde), intervint à ce moment.

« Il n'y a aucune religion, musulmane ou chrétienne, qui permette de brûler vifs des femmes et des enfants ! » déclara-t-il avec énergie, et, persuadé qu'il empêcherait le crime, il s'enferma lui-même dans la maison. Mais les tchétas ne firent que rire de son intervention ; ils mirent le feu tout de même et le moula périt dans les flammes avec les malheureuses qu'il avait voulu sauver.

*
* *

Ce sont aussi les bandes de Moussa-Beg qui massacrèrent les Arméniens qui avaient fui leurs villages et s'étaient réfugiés dans les montagnes du Sassoun, et qui, trompés par les autorités turques, complices de ces bandits, redescendirent des montagnes à l'annonce mensongère d'un armistice général.

Elles n'épargnèrent même pas, dans la ville de Mouch, les orphelins qui avaient été recueillis par les établissements européens et américains et qui tous, — ils étaient 300 — furent mis à mort.

A Kaïsari, la déportation fut précédée de l'exécution de quatre-vingt notables Arméniens qui furent pendus. Le député de parlement ottoman Hambartsoum Boiadjian était du nombre.

A Angora, cinq mille Arméniens, dont l'évêque Théodoros et dix prêtres, furent mis à mort. Huit cents Arméniens grégoriens furent déportés et assassinés en route. Le tour des Arméniens catholiques vint ensuite. On les exila à Konia, mais sans les massacrer.

Les femmes et les enfants furent déportés en dernier. On les entassa dans des wagons à marchandises, et, pendant une semaine entière, on les laissa dans la gare sans leur donner aucune nourriture.

Quand, après cette infernale torture, le train les emporta, la plupart étaient morts.

*
* *

Les Arméniens de Smyrne et de Constantinople paraissent avoir à peu près échappé aux massacres. A Constantinople, cela est dû, je crois, à leur grand nombre, plus de 150.000, et, sans doute, aussi, à la présence, dans la ville, des représentants des pays neutres.

A Erzindjan.

Août 1916.

La prise d'Erzindjan, par nos alliés russes,
m'a permis de vérifier une fois de plus tous les
détails dramatiques que j'ai relatés dans les
chapitres précédents.

Dans cette ville, située dans une vallée ver-
doyante de vingt à vingt-cinq verstes d'étendue,
entourée de hautes montagnes, on comptait
trois mille maisons arméniennes, six mille maisons turques, et vingt-cinq maisons grecques.

Or, à leur arrivée, les Russes ne trouvèrent
plus à Erzindjan, qu'une douzaine de femmes
arméniennes qui avaient profité de la panique
des Turcs, pour s'échapper des harems où elles
étaient tenues enfermées.

Les récits qu'elles firent de leurs propres
tortures et des massacres où périrent la plu-

part de leurs parents, confirment tout ce que
j'ai déjà écrit à ce sujet, mais il est un spectacle d'horreur qui, plus encore que ces récits
tragiques, a permis de constater toute l'ampleur des atrocités commises par les autorités
turques.

Ce sont les ossements humains, aujourd'hui
blanchis par le temps, que l'on aperçoit encore
par milliers, dans la vallée et sur toutes les
pentes qui l'entourent. Ces restes sont ceux des
malheureux exilés, au mois de juin 1915, d'Erzeroum, de Kharpout, de Baïbourt et d'autres
localités, pour être soi-disant déportés en Mésopotamie et qui furent massacrés en très grand
nombre, autour d'Erzindjan.

C'est là aussi, que fut tué l'épiscopos d'Erzeroum, Mgr Sembad Saadétian, dont je
n'avais pu connaître le sort lors de mon
enquête à Erzeroum même.

Le préfet de police de la ville, Memdouh
bey dépouilla si âprement les Arméniens,
avant de les faire massacrer, qu'il s'est enrichi
de 50.000 livres turques (1.250.000 francs environ).

Pour récompenser le zèle de ce préfet, le

gouvernement turc l'a, depuis, nommé gouverneur de Kastémonie.

*
* *

De nombreux Kurdes sont restés à Erzindjan, mais ces Kurdes sont des « Kizil-bach », dont les tribus sont disséminées dans la région comprise entre Mamakhatoun, Arabkir et Kharpout, avec la ville de Dersim (Khozat) pour agglomération principale. Ils ne ressemblent guère, comme mentalité, aux Kurdes des districts de Bitlis et de Mouch. Ils détestent profondément les Turcs et, pendant l'offensive russe, ils ont pris les armes et ont considérablement gêné l'armée turque, par d'incessantes guérillas, au cours desquelles ils lui coupèrent ses voies de communication, désorganisèrent ses services arrières et lui causèrent, en outre, des pertes sensibles.

Les Kurdes Kizil-bach ont même sauvé de nombreuses familles arméniennes qui ont trouvé dans leurs villages un refuge inespéré.

Je dois mentionner aussi qu'à Erzindjan, les Grecs, malgré leur petit nombre et le danger encouru, ont caché chez eux quelques femmes et quelques enfants qui échappèrent ainsi aux bourreaux.

Un appel pathéhique.

Août 1916.

Dans diverses régions, un certain nombre de familles arméniennes ont échappé à l'extermination, grâce à la protection inattendue de certaines de ces tribus kurdes, qui, faisant exception à la férocité habituelle de la race, ont montré à leur égard des sentiments d'humanité.

Mais l'existence de ces réfugiés est bien précaire et bien affreuse. La famine les torture et le gouvernement turc multiplia les tentatives pour engager leurs sauveurs, qui s'y refusèrent obstinément du reste, à les massacrer ou à les livrer.

De tout cela, j'ai trouvé la preuve dans une lettre navrante, où un groupe de ces infortunés, réfugiés dans les montagnes depuis des

mois, imploraient le secours du commandant
en chef des troupes russes qui occupent
actuellement Bitlis — lettre qu'avait apportée
l'un des Kurdes qui les protégeaient.

Voici la traduction de cette lettre :

« Nous, soussignés, après avoir échappé aux
massacres et au feu, sommes réfugiés dans les
montagnes, depuis onze mois, auprès des
« Achirats » (tribu kurde) où nous vivons, affamés et nus, dans un état de misère effroyable.
C'est à ces Kurdes, qui ont bravé tous les
dangers pour nous sauver, que nous devons
d'exister encore.

« En effet, lorsque le gouvernement turc eut
connaissance de notre refuge, il envoya des
fonctionnaires et des « zaptiehs » aux aghas
kurdes pour les sommer ou de nous tuer, ou de
nous livrer. Ils refusèrent.

« On envoya ensuite des « moulas » et des
« cheikhs » qui, au nom du Coran, conseillè-
rent, eux aussi, à nos protecteurs de nous massacrer. Ils n'eurent heureusement pas plus de
succès.

« Voyant leurs conseils et leurs ordres inutiles, les autorités turques rassemblèrent alors
un millier de Kurdes d'autres tribus et, ayant
mis à leur tête des gendarmes, elles les expé-
dièrent contre nos obstinés défenseurs.

« Cette fois encore, les aghas achirats, dont l'un des chefs est précisément le porteur de cette lettre, Mohamed Agha, ne cédèrent pas à la menace.

« Un combat s'engagea, mais les nôtres et les Achirats réunis, réussirent à repousser nos agresseurs.

« Cependant, les yeux fixés vers l'horizon, nous attendons tous, avec anxiété, votre arrivée (l'arrivée des troupes russes et des volontaires arméniens). Depuis deux mois, vous avez pris Bitlis, et pourtant, ici, nous mourrons de faim et nous sommes dans l'impossibilité d'aller jusqu'à vous. Il faudrait que vous avanciez encore de dix ou douze heures de marche, pour que nous puissions parvenir à vous rejoindre.

« La famine est atroce. Les Kurdes, eux-mêmes, n'ont plus de pain et ne peuvent, par conséquent, plus nous en donner.

« Nous avons organisé un service unique en son genre, et qui consiste à porter sur les épaules les plus épuisés d'entre nous et à les promener, ainsi, dans les villages, à la recherche d'un petit morceau de pain de « guelguel », mais cette recherche est vaine.

« La charité s'est épuisée. Personne n'a plus rien à nous donner.

« C'est surtout terrible de voir les petits

enfants souffrir, ces petits enfants qui meurent en criant leur faim. Maintenant, le père et le fils, la mère et l'enfant, le frère et la sœur s'abandonnent l'un l'autre. Chacun, ne pensant plus qu'à son propre salut, recherche pour son propre compte le morceau de pain introuvable.

« Devant une situation si critique, nous avons décidé d'envoyer auprès de Votre Excellence deux délégués, dont l'un est Mahomed Agha, à qui, nous le répétons, nous devons d'avoir échappé à la fureur et aux yatagans du gouvernement turc et des Kurdes, et l'autre, un Arménien, Arakel Avédissian, pour vous demander, au nom de ces petits enfants, des secours qui nous permettraient de rassasier notre faim et de vous rejoindre avec nos familles.

« Depuis onze mois que nous vivons ce terrible martyre, nous avons été soutenus par l'espérance de voir arriver votre victorieuse armée.

« Nous vous prions de recevoir avec beaucoup d'égards, d'honneur et de cadeaux, Mohamed Agha, car, en cas contraire, nous risquerions d'être massacrés. Les aghas, en effet, espèrent être récompensés de la conduite qu'ils ont eue vis-à-vis de nous.

« Sachez que Mohamed Agha a abrité dans sa famille la famille de son compagnon Avédissian, composée de douze personnes, qu'il les a nourries, à ses frais, qu'il a dû vendre tous ses biens pour cela et que, par suite, il se trouve actuellement dans les mêmes conditions de dénuement que nous.

« Voici la liste de nos familles sauvées par ces Kurdes, avec la désignation de nos villages :

60 familles du village de Garkho, 50 familles de Sélend, 55 familles de Zerdo, 30 familles de Ardrer, plus de 100 familles de Hrork, de Dzrdout et de Dzouman, 45 familles de Goutzged.

« En outre, les 400 familles du village de Hazo sont également sauvées et ont trouvé asile au village kurde de Assi, dont les habitants les ont traitées avec la même humanité que celle montrée envers nous, par Mohamed Agha et les siens.

« Là, se sont réfugiés aussi un certain nombre d'Arméniens de villages distants de deux à trois jours de marche.

« Enfin, nous terminons cette lettre en vous souhaitant tous et du plus profond de notre cœur, la victoire.

« Au nom des Arméniens du village de Hazo

et au nom de ceux des villages susmentionnés, signent :

BOGHOS SARKISSIAN, PETROS AZADIAN, EBO KIKOÏAN, OAN TONOÏAN, le révérend père MANO AVAKIAN.

« Garkho, le 11/24 avril 1916. »

CEUX QUI RÉSISTÈRENT
AUX MASSACREURS

La révolte des victimes.

On a souvent reproché aux Arméniens de
n'avoir jamais su s'organiser et s'unir pour se
défendre contre leurs impitoyables bourreaux,
et pour secouer le joug turc qui, depuis tant de
siècles, les opprime si cruellement.

En effet, alors que les peuples balkaniques,
les uns après les autres, — et certains même,
comme les Serbes, par leurs propres moyens et
sans aide étrangère — reprenaient leur indépendance, pourquoi les Arméniens n'ont-ils
jamais tenté, dans un soulèvement général, de
reconquérir cette liberté qu'ils réclament
comme le suprême bien ?

La question est complexe. Tout d'abord, il
faut remarquer qu'il existe certaines populations arméniennes, dans les régions montagneuses, pour lesquelles la lutte contre les
oppresseurs n'a pas cessé depuis des siècles.
Toujours armées, même pour cultiver leurs

champs, afin d'être toujours prêtes à se défendre, elles vivaient dans une alerte continuelle,
et, sans répit, héroïques et indomptées, combattaient, à la fois, contre les exactions et les
violences de l'administration turque et contre
les incessantes incursions des brigands.

Mais ce qui était possible dans les montagnes, ou dans les régions occupées presque
exclusivement par des agglomérations arméniennes, ne l'était pas dans la plus grande partie de l'Arménie. En effet, presque partout, la
population arménienne, sur d'immenses terri-
toires dépourvus de chemins de communication, vit clairsemée et mélangée avec les Turcs
et les Kurdes musulmans, ceux-ci nomades et
pillards, ennemis naturels de l'Arménien
sédentaire et laborieux.

L'émiettement des populations arméniennes
dans un pays qui fut *leur* pays et où elles constituèrent jadis un puissant empire, ne saurait
être un sujet d'étonnement. Si loin que l'on
remonte dans l'histoire, l'Arménie apparaît
comme un véritable champ de bataille entre
les peuples qui furent ses voisins. Ses beaux
pâturages, ses terres fécondes d'où nous sont

Andranik, le héros de la liberté arménienne. Le plus populaire
parmi les chefs de volontaires arméniens,
(Photo Henry Barby).

venus, en Europe, les fruits les plus exquis, ont excité les convoitises des nations moins bien partagées.

De glorieuses dynasties l'ont gouvernée. Sans remonter aux temps légendaires, on se rappelle les Arsace, les Artaxias, les Tigrane, les Tiridate.

L'Arménie, sous les empereurs, est le théâtre des luttes de Rome et des Parthes.

Plus tard, la lutte est entre les empereurs de Byzance et les rois de Perse. Dès lors, les Arméniens ont embrassé le christianisme, mais ils ne se sont pas pliés à l'orthodoxie de l'empire : de là d'odieuses persécutions.

Puis, ce sont les Arabes qui disputent l'Arménie à Byzance, puis viennent les Seldjoukides, puis les Mongols, puis les Tatares, puis, finalement, les Turcs.

Pourtant, malgré une situation si difficile, l'Arménie garde sa liberté politique jusqu'au XIV° siècle, époque où, sous la ruée des peuples musulmans, toute trace d'autonomie disparaît, avec le dernier roi, Léon VI, qui, après avoir, en vain, sollicité le secours de la chrétienté, vient, en 1391, mourir à Paris.

La situation des Arméniens chrétiens devient terrible : les massacres, les persécutions sont, dès lors, incessants.

Peut-on s'étonner qu'au cours de ces terribles événements, les envahisseurs se soient
établis dans le pays, ne laissant à la population indigène, que les montagnes d'accès difficile, où elle put garder quelque indépendance,
tandis que dans les vallées, elle devenait l'es-
clave des vainqueurs ?

Peu à peu, les survivants des massacres et
des persécutions cherchèrent à se grouper, y
réussirent, arrivèrent même, dans certaines
contrées, à former la majorité de la population.
Ainsi se constituèrent les communautés arméniennes.

Leur situation ne cessa pas d'être déplorable.
Comme je le dis au début de cet ouvrage, l'histoire de l'Arménie, depuis la perte de son autonomie, n'est qu'un long martyrologe, même
dans les temps les plus modernes, même au
XIXᵉ siècle où l'Arménien est encore la proie
des gouverneurs et des fonctionnaires turcs.
Mauvais traitements, pillages, enlèvements,
incendies, dénis de justice, assassinats, rien ne
leur est épargné. Et, devant cet acharnement de leurs maîtres, devant la conti-
nuité des massacres, si l'on est obligé de

conclure à un plan d'extermination mûre-
ment réfléchi par le Turc — conclusion que les
derniers événements sont venus corroborer —
on ne doit pas s'étonner que les Arméniens
n'aient pas tenté, par un soulèvement général,
de se libérer du joug turc.

Un mouvement d'ensemble était impossible
de la part d'une population si émiettée et, —
il faut aussi le dire — si mal préparée, par tant
de siècles d'oppression, à une action énergique.

Pourtant, on n'a pas oublié les mouvements
insurrectionnels de 1862 et de 1894 à 1896, ces
derniers dirigés par la jeunesse arménienne
qui, sous le régime de la tyrannie hamidienne,
s'était, quand même, organisée pour défendre
les droits du peuple opprimé, contre l'iniquité
méthodique du gouvernement, et aussi pour,
en certains lieux, défendre la population
contre les massacres.

* *
*

Lors des derniers massacres, et même dès
qu'elles eurent connaissance des mesures
prises par le gouvernement turc, bien des
communautés essayèrent d'organiser la résistance, mais ces tentatives vouées d'avance,
presque partout, à l'insuccès, ne firent, dans

la plupart des cas, que hâter la perte de ceux qui y prirent part.

Il en fut ainsi à Marzouan, où il n'y eut qu'un semblant de résistance ; à Chabin-Kara-hissar, où l'effort, plus vigoureux, fut brisé par les forces régulières appelées pour seconder la population turque ; à Orfa, où les Arméniens livrèrent un véritable combat contre les massacreurs et ne succombèrent que sous le nombre des troupes envoyées contre eux par le gouvernement.

En Cilicie, un mouvement plus ample se produisit, malgré l'opposition du catholicos arménien, Mgr Sahak qui, craignant pour ses ouailles, s'efforça, secondé par l'évêque d'Aïntap, d'apaiser le soulèvement, en faisant, au nom du gouvernement turc, des promesses qui, bien entendu, ne furent pas tenues. C'est ainsi que l'intrépide population de Tchok-Marzouan qui, en 1895, avait montré un véritable courage, ne se défendit pas et fut toute entière déportée.

A Zeïtoun, les jeunes gens s'organisèrent. Ils se réfugièrent dans les montagnes, repoussèrent victorieusement un régiment turc, s'emparèrent d'une quantité importante d'armes et de munitions, et continuèrent à mener la campagne contre les envahisseurs de leurs foyers, qu'ils attaquent sans cesse et à qui ils tuent beaucoup de monde. Ils ont même réussi à venir à bout d'escortes de déportés et à libérer bon nombre de ceux-ci. Mais tous ceux de leurs compatriotes qui n'avaient pas pris les armes, ont été déportés dans les marécages mortels de la région de Konia et ont été remplacés, par des Turcs, dans le pays qui s'est vu retirer son nom et qui s'appelle maintenant « Souleïmanié ».

*
* *

En général, les massacres et les déportations, semblent, pourtant, avoir été moins sauvages, en Cilicie, que dans la Grande Arménie (exceptions faites pour ce qui concerne Zeïtoun et Tchok-Marzouan), et je dois faire remarquer qu'en général aussi, les montagnards, qui se sont révoltés, ont moins souffert que la population qui s'est soumise.

A ce sujet, il est intéressant de souligner la réponse que Djémal pacha, qui commandait alors en chef les troupes turques de Syrie, fit au catholicos arménien qui le suppliait « de donner au moins, au nom de Dieu, des tombeaux tranquilles aux morts et du pain aux vivants ».

« — Si les amis des Arméniens, répondit
Djémal pacha, si les Français et les Anglais
savaient ce qui se passe dans les autres contrées arméniennes, et s'ils comparaient avec
l'état de chose en Cilicie, ils me remercie-
raient ! »

Les insurgés du mont de Moïse

En Cilicie, ce sont surtout les Arméniens de
la baie d'Antioche qui opposèrent aux assassins la résistance la plus héroïque et la plus
efficace. Elle eut pour épilogue le sauvetage,
par la flotte française, au mois de septembre
1915, de quatre mille d'entre eux qui s'étaient
réfugiés sur le Djébél-Moussa (Mont de Moïse).
Ce sauvetage a laissé dans le cœur de ces malheureux une gratitude impérissable envers la
France.

* *

L'entrée de la Turquie dans le conflit européen fut aussi, pour ces Arméniens de la baie
d'Antioche, le signal d'exactions multiples qui
se terminèrent par une affiche officielle placar-
dée, le 13 juillet 1915, sur les murs de leurs six
villages, ordonnant aux habitants de se prépa-

rer à partir, dans les huit jours suivants, en
exil en Mésopotamie.

C'était la ruine pour tous et la mort pour la
plupart. La consternation s'empara de ces
malheureux et, malgré le peu d'espoir qu'ils
avaient de pouvoir résister victorieusement
aux autorités, la majorité d'entre eux décida
de ne pas se soumettre à cet ordre barbare.

Cependant, il ne fallait pas songer à se défendre dans les villages, situés dans la plaine.
Emportant tous les vivres qu'ils purent réunir,
les insurgés, environ cinq mille hommes,
femmes et enfants, se retirèrent alors, avec
leurs troupeaux, dans la large croupe rocheuse
du Djébél-Moussa. Ils n'avaient que cent vingt
fusils modernes et à peu près trois fois autant
de vieux fusils à pierre et de pistolets.

*
* *

Voici, d'après l'un d'eux, le pasteur Dikran
Andréassian, le récit de leur héroïque résistance et de leur sauvetage par le *Guichen,* à
l'heure où leur situation était devenue désespérée.

Aussitôt réfugiés dans les parties les plus
élevées de la montagne, ils se mirent à l'œuvre

pour en assurer la défense, creusèrent des tranchées là où le sol le permettait, élevèrent ailleurs de fortes barricades en empilant des blocs de rochers. Ces travaux leur prirent les huit jours de grâce accordés par les autorités turques. Celles-ci avaient eu connaissance de la décision et des mouvements des insurgés, aussi, le 21 juillet, l'attaque de leur refuge commença-t-elle aussitôt.

Mais les troupes, qui pensaient en finir facilement avec les insurgés, furent repoussées après avoir subi d'importantes pertes.

Les autorités turques racolèrent alors les musulmans des villages et bientôt une véritable armée, forte de trois mille soldats de troupes régulières et de quatre mille volontaires avides de carnage, fut réunie.

Un matin, cette force imposante déboucha, à la fois, par chaque passe de la montagne. Les insurgés se défendirent en désespérés, mais la disproportion entre leurs moyens, et ceux des assaillants, était trop grande. Les Turcs gagnèrent peu à peu du terrain, s'emparèrent des hauteurs et, au coucher du soleil, un ravin seulement séparait encore les combattants.

Certains de leur victoire, les Turcs décidèrent d'attendre le jour pour en terminer.

*
* *

Tout espoir de salut semblait définitivement
perdu pour les insurgés. Leurs chefs, dans un
suprême conseil, résolurent alors de tenter
un coup de désespoir : de ramper à la faveur
de la nuit autour des positions turques, et,
après les avoir cernées, de surprendre l'ennemi
de tous les côtés à la fois par une soudaine
fusillade suivie par une attaque générale.

La connaissance parfaite que les insurgés
avaient de la forêt, de ses sentiers et des
rochers de la montagne, leur rendit possible
l'exécution de ce plan désespéré. Sans bruit,
ils se glissèrent dans l'obscurité et, lorsque
l'encerclement des Turcs fut à peu près complet, ils s'élancèrent, tous à la fois, contre le
camp ennemi.

Les Turcs, surpris en plein sommeil par
cette ruée inattendue, furent aussitôt en plein
désarroi, se heurtant les uns les autres dans les
ténèbres, trébuchant contre les rocs, affolés
davantage encore par les ordres contradictoi-
res criés par les officiers qui cherchaient à
rallier leurs hommes.

Ce fut une débandade, et, à l'aurore, les
Arméniens comptèrent deux cents Turcs tués
restés sur le terrain, et un butin important de

fusils et de munitions qui leur permit de compléter leur armement insuffisant.

Cependant les autorités turques, ne se tenant
pas pour battues, rassemblèrent, les jours suivants, toute la population musulmane à plusieurs lieues à la ronde. Elles réunirent ainsi
une horde de près de 15.000 hommes, avec
laquelle elles cernèrent Djébél-Moussa, du côté
de la terre, afin de prendre les insurgés par la
faim. Du côté de la mer, il n'y avait aucun
port, ni aucune communication possible avec
un port, la montagne descendant jusqu'à la
mer.

Bientôt, malheureusement, il ne resta plus,
en effet, aux assiégés, qu'à peine assez de vivres
pour résister encore une douzaine de jours. Ils
cherchèrent, alors, s'ils ne pourraient pas
s'échapper par la mer.

Trois bons nageurs furent chargés d'être
constamment sur le qui-vive pour voir si
aucun navire n'approchait. Ils devaient, s'ils
en apercevaient un, se jeter à la mer, pour tenter de porter jusqu'à lui une supplique, dont
on fit trois copies, et dans laquelle les héroïques
révoltés « *imploraient au nom de Dieu et de la*

Fraternité humaine tout Anglais, Américain, Français, Italien ou Russe, qu'il soit amiral, capitaine, ou telle autre autorité que cette pétition pourrait atteindre, de les sauver et de les transporter à Chypre ou dans quelque autre terre libre. »

Puis, après avoir expliqué devant quelle torture barbare ils s'étaient révoltés, les assiégés, étant donné leur nombre de plus de quatre mille personnes, terminaient leur supplique en disant :

« *Si c'est trop vous demander de nous sauver tous, transportez au moins nos femmes, nos vieillards et nos enfants; donnez-nous des armes, des munitions et des vivres, et nous lutterons avec vous, de toutes nos forces, contre les Turcs.* »

« *Nous vous en prions, n'attendez pas qu'il soit trop tard.* »

Mais les jours passaient et pas une voile n'apparaissait à l'horizon.

* *
*

Cependant, les femmes avaient fabriqué deux immenses drapeaux blancs. Sur l'un on écrivit :

« *Chrétiens en détresse. — Sauvez-nous !* »

Le second portait, en son milieu, une grande croix rouge.

On fixa ces deux drapeaux à la cîme des deux arbres les plus élevés, et des sentinelles furent chargées de scruter la mer depuis l'aube jusqu'à la nuit.

Pendant ce temps, les Turcs continuaient le siège du Djébel-Moussa, faisant attaques sur attaques, mais la situation des assiégés ne redevint jamais aussi grave que lors des premiers engagements, car, de leurs positions dominantes, ils pouvaient faire rouler le long de la montagne, des quartiers de roches, pour le plus grand dommage de l'ennemi. Néanmoins, les munitions diminuaient et les vivres, malgré le rationnement de tous, finissaient par s'épuiser. Ce furent d'anxieuses journées et de longues nuits !

*
* *

Enfin, un dimanche matin, le cinquante-troisième jour de la résistance, un des guetteurs arriva, courant de toutes ses forces et criant à pleins poumons :

« — Un navire !..... Un navire de guerre approche !..... Il a vu nos signaux et il nous répond !..... »

C'était le *Guichen,* vaisseau français. Pendant qu'il mettait une chaloupe à la mer, plusieurs réfugiés s'élançaient dans la mer et gagnaient le navire à la nage.

Le capitaine demanda qu'une délégation lui fut envoyée pour lui faire connaître le nombre et la situation exacts des insurgés. Puis, il lança un message par T. S. F. à l'amiral, et bientôt le *Jeanne-d'Arc* apparut, suivi d'autres navires de guerre français et d'un croiseur anglais.

L'embarquement des survivants, exactement 4.058 personnes, prit, naturellement un certain temps, mais, deux jours plus tard, ils étaient tous sauvés et débarquaient à Port-Saïd.

L'héroïque résistance de Van .

Plus encore qu'en Cilicie, c'est dans la Grande Arménie, à Van, ville de 30 à 40.000 habitants, en majorité Arméniens, que la résistance fut la plus sérieuse.

Accompagné de volontaires arméniens de l'armée russe, je suis allé voir les ruines de cette ville, à la mémorable résistance.

Du Zemzem-Maghara, le panorama est superbe. Les chaînes immenses d'Arnos, d'Ardos, de Kerkour et d'Yéghérov ferment l'horizon et le Sipan majestueux dresse jusqu'aux nuages ses neiges éternelles. De ces masses puissantes, le sol s'abaisse doucement, mollement jusqu'à la grande plaine où dort le beau lac, aux eaux limpides.

Dans la lumière d'un ciel sans tache, la large vallée qui descend du pied du Varak, présente une diversité de couleurs harmonieuses, où les ombres et les lumières se mêlent sans se heurter, où les verts se fondent dans les ors et les rouges, plaqués par le soleil, sur ce paysage délicieux. La vallée enveloppe le fameux rocher que domine l'antique forteresse de Sémiramis, puis vient aboutir au village d'Ardamed et au port d'Avantz, l'un et l'autre cachés dans des bouquets de verdure.

« *Van dans ce monde et le paradis dans l'autre* », dit un proverbe arménien. Et, en effet, son cadre de hautes montagnes, le rocher solitaire qui la sépare du grand lac, aux rives dentelées par de nombreux promontoires, les villages, les églises, les monastères accrochés sur les collines environnantes, forment un merveilleux ensemble qui surprend et ravit le voyageur.

Aucune ville, pour les Arméniens, ne jouit d'une renommée égale à celle de Van qui, de tout temps, fut un centre intellectuel, artistique et commercial. L'influence de cette ville, fondée, dit-on, par Sémiramis, dont elle porte encore le nom, « Chamiram » (*), était due surtout à la densité de la population arménienne dont le nombre, dans la région, avant

(*) On peut encore voir, à l'entrée de la ville, une stèle, en forme de dais majestueux, sculptée dans le rocher et sur laquelle se lit une longue inscription cunéiforme, datant de cette époque.

ARAM

Le chef arménien qui organisa et commanda la résistance
dans la ville de Van.

La défense de Van par les arméniens qui se soulevèrent et soutinrent un siège d'un mois au printemps 1915.
(Photo prise dans une tranchée pendant le siège de Van).

les massacres ordonnés par Abdud-Hamid et continués depuis par les Kurdes, s'élevait à 200.000.

En 1914, Van semblait s'être relevé de ses récents désastres. Le vali, Tahsin pacha, avait rétabli l'ordre dans le vilayet, et se montrait équitable avec les Arméniens. D'autre part, Constantinople, déférant enfin aux démarches de la France, de l'Angleterre et de la Russie, venait de nommer deux inspecteurs généraux chargés de réaliser les réformes ; des officiers français, belges et anglais avaient été désignés comme inspecteurs de la gendarmerie turque, et un Français, le capitaine Marassé, avait reçu le poste de Van, où il conquérait bientôt la sympathie générale.

Déjà, les Arméniens rassurés sur l'avenir, avaient entrepris la construction d'un superbe bâtiment destiné à servir de bibliothèque, de casino, de salle de spectacle et de lieu de réunion. On avait fondé une école normale, une école centrale, une autre encore, appelée d'Hambarsoum-Eramian, du nom de son fondateur, qui comptait vingt professeurs, dont plusieurs formés en Europe.

Pour les jeunes filles, il y avait l'école des Sœurs Dominicaines françaises de la Présentation, et, de plus, une école secondaire compre-

nant musée d'histoire naturelle et laboratoire
de physique.

Un cours complet de langue et de littérature
française avait été institué, à la demande des
Arméniens eux-mêmes, par les Dominicains,
et le chef de la mission américaine s'occupait
de faire de son école un grand collège.

*
* *

Magnifiques étaient, on le voit, les projets
élaborés pour le développement de l'instruction, lorsque, à la fin de juillet 1914, le gouvernement turc invite l'inspecteur général des réformes, le Norvégien Hoff, à quitter
le vilayet et à rentrer à Constantinople.

Son départ coïncide avec l'arrivée du consul
d'Allemagne, à Erzeroum, dont la venue à
Van est le signal d'une grande revue militaire,
où 12.000 soldats turcs défilent au pas de
parade allemand.

Quelques jours après éclate la guerre européenne.

Aussitôt, Tahsin pacha est remplacé à la
tête du vilayet par Djevdet bey, beau-frère
d'Enver pacha, qui reçoit le double titre de
vali de Van et de commandant en chef des
troupes turques échelonnées le long de la frontière persane. Dès lors, les comités arméniens,

se souvenant du passé, se tiennent sur leurs gardes.

Puis, la Turquie, se rangeant aux côtés des empires centraux, entre dans la guerre. Les représentants des Alliés doivent quitter Van, et, le 21 novembre 1914, les Turcs chassent les membres des missions françaises.

Décembre arrive. De nombreux massacres ensanglantent, pendant ce mois et pendant celui de janvier 1915, les villages éloignés du vilayet (voir dans l'Appendice, les événements de Pélou, etc...) où l'on estime à 16.000 le nombre des victimes tuées avec des raffinements inouïs de cruauté : « *On fusillait les hommes, on ouvrait le ventre des enfants mâles, on dépouillait les femmes et les jeunes filles de leurs vêtements et on les chassait nues comme des bêtes fauves dans les montagnes* », écrit le consul d'Italie, à Van, M. Sbordone, dans le rapport qu'il adresse, le 31 mai 1915, à l'ambassadeur d'Italie à Pétrograd (voir ce rapport dans l'Appendice). Et, fuyant la mort, 15.000 paysans environ, viennent se réfugier à Van.

En même temps, on apprend que les Arméniens incorporés dans l'armée turque sont désarmés, privés de vêtements et de nourriture, molestés de toutes façons. De plus, Djevdet bey, qui revient de Perse, où son armée a saccagé les villes de Salmas, de Khosrova et de Bachkalé et en a massacré les habitants chrétiens (voir dans l'Appendice le rapport du consul d'Italie), a fait fusiller, sur la route du retour, douze soldats arméniens de son escorte.

Aussi, au lieu d'engager les Arméniens à livrer leurs armes, comme l'exigent les autorités, les comités s'empressent-ils, devant l'évidence du danger, de créer des patrouilles, composées chacune d'une vingtaine d'hommes bien armés, pour veiller sur la sécurité générale et pour empêcher un coup de main de la part des Turcs.

Ils décident aussi de ne plus fournir de nouveaux contingents à l'armée ottomane.

***

Djevdet bey, qui rentre à Van, en mars 1915, ne fait aucun effort pour ramener le calme dans la population. Il exploite au contraire cette dernière question pour surexciter, par son intransigeance, l'opinion arménienne, dans l'espoir d'amener un soulèvement qui servira de prétexte aux massacres.

En vain, les chefs religieux, les dirigeants des comités et les notables proposent-ils transactions sur transactions. Acceptées un jour, elles sont refusées le lendemain. (Voir dans l'Appendice, la note remise, le 13 février 1915, au ministre de l'Intérieur, à Constantinople, par le député de Van). Ces pourparlers se traînent sans aboutir, jusque vers le milieu du mois d'avril 1915.

*
* *

Cependant Djevdet bey a hâte d'en finir. Il sait que parmi les chefs arméniens, il s'en trouve trois particulièrement résolus à tout entreprendre et à tout souffrir pour le salut national. Ce sont : Vramian, député au parlement ottoman, Ichkhan et Aram, tous les trois à la tête du comité Daschnakzoutioun. Il croit que, privés de ces chefs, les Arméniens seront plus facilement livrés à sa discrétion, aussi décide-t-il de se débarrasser d'eux.

Un soulèvement s'étant produit dans un Caïmakamlik des environs de Van, à Chatak, il propose à Ichkhan d'aller dans cette localité, avec le chef de la police, pour apaiser l'émeute. C'est, en apparence, donner à Ichkhan une marque de confiance.

Celui-ci accepte et part. Le soir même, il est fusillé, à bout portant, pendant son dîner. Le même jour, le vali prie Vramian et Aram de passer chez lui, « afin, leur fait-il dire, de prendre leur avis sur une question très importante ».

Vramian, sans soupçon, se rend à cette invitation. A peine est-il assis dans le cabinet de Djevdet bey, que celui-ci lui annonce qu'il est son prisonnier (*).

Aram, retardé par une cause fortuite, a la bonne fortune, tandis qu'il va, lui aussi, au rendez-vous du vali, d'être averti, en route, de ce qui vient de se passer pour Vramian. Il se hâte de faire demi-tour et prend aussitôt la direction de la résistance armée.

Les hostilités vont commencer aussitôt.

Le commencement de la lutte est une échauffourée suscitée, le 18 avril, par des soldats turcs qui tentent de violenter des femmes qui se rendent au marché. La scène se passe devant les établissements des missions améri-

---

(*) On ignore ce qu'est devenu ce député ottoman, mais tout fait supposer qu'il a été assassiné et que son cadavre a été jeté dans le lac de Van.

caine et allemande. Des Arméniens étant inter-
venus, les soldats de la caserne voisine tirent
sur les passants. Et, le canon bientôt donne le
signal du siège.

Les Turcs occupent de fortes positions,
ils ont l'avantage des armes, des munitions et de la libre circulation sur le lac,
mais la résistance des Arméniens est admi-
rable. Les quatre à cinq cents maisons arméniennes de la « ville (**) » donnent l'exemple de
la bravoure et, sous les canons de la citadelle,
qui les criblent d'obus, restent obstinément

(**) Van se divisait en trois parties : la « ville »,
le « port » et les « jardins. »

Une plage étroite et marécageuse, où se dresse un
gigantesque rocher, coiffé par les ruines de la vieille
citadelle, séparait la « ville » du lac. Cette partie de
Van contenait le palais du gouvernement, ou Sérail,
les tribunaux et les administrations publiques : poste,
télégraphe, dette publique, banque, régie, etc... ainsi
qu'un groupe de quatre à cinq cents maisons arméniennes.

Le « port » était un village, formant faubourg de
la « ville », où habitaient les bateliers qui desser-
vaient les localités riveraines du lac.

Une longue et large avenue bordée de champs, de
vergers et de maisons (appartenant toutes à des
familles musulmanes), reliait la « ville » avec les
« jardins », à l'entrée desquels se trouvait le bazar

fidèles à la cause nationale. Un état-major se
forme parmi les combattants, des cadres, un
corps du génie, un bataillon de tirailleurs,
une police, une ambulance et un hôpital.

On creuse des tranchées, on élève des barricades et des défenses à l'entrée des quartiers
arméniens, et, partout, les Arméniens prennent position en face des Turcs.

*
* *

Le siège de Van dura un mois. La veille du
jour où il commença, tous les fonctionnaires et
tous les notables arméniens des « cazas » ou
arrondissements du vilayet avaient été
fusillés.

Le bombardement commencé ne devait,
autant dire, plus cesser, et les Turcs firent
montre d'un acharnement tel qu'ils lancèrent,
d'après les chiffres donnés par le consul d'Ita-

de Khadj-Pogan. Là, commençaient les véritables
quartiers arméniens, coupés par de larges rues bor-
dées de canaux et ombragées par des peupliers et des
saules.

Les Turcs avaient construit à Van deux casernes.
L'une, la plus grande, en plein quartier arménien,
près de Khadj-Pogan ; la seconde, plus petite, sur
une des hauteurs qui dominent la ville.

lie dans son rapport, 10.000 obus sur la « ville »
et 6.000 sur les « jardins ».

***

Sur le Zemzem-Maghara, d'où je domine
la « ville », j'écoute mes compagnons de route
— des volontaires arméniens de l'armée russe
— me raconter les péripéties épiques de ce siège
qui se lisent encore, inscrites dans le sol même.
Voici les tranchées creusées sous l'ouragan des
balles turques et qui encerclent toujours le
quartier arménien ; voici les travaux de
défense que les canons ottomans écrasèrent
chaque jour et qui, chaque nuit, renaissaient
imprenables ; voici les casernes turques enlevées à l'assaut dans des attaques folles ; voici
les redoutes où, sous la mitraille ennemie, la
fanfare des écoles arméniennes — des enfants
de treize à seize ans — jouait sans relâche au
fort du combat, si bien que Djevdet bey, exas-
péré, ne put un jour s'empêcher de s'écrier :
« Ils me rendront enragé avec leur musique ! »

***

La lutte fut acharnée ; les positions importantes passaient de mains en mains, au cours
d'assauts furieux ; des incendies s'allumaient

partout ; les Turcs faisaient un feu continuel ;
mais ils ne purent remporter aucun avantage.
Dans les premiers jours de mai, un officier
allemand vint les commander Il réunit tous les
canons sur une éminence pour protéger ses soldats, qu'il fit avancer en rampant derrière un
rideau d'obus, et les lança à l'attaque par une
nuit noire. Les Arméniens veillaient ; ils
repoussèrent victorieusement l'ennemi, qui se
replia en laissant de nombreux morts sur le
terrain.

« Je ne m'attendais pas à une telle résistance », avoua l'officier allemand qui, deux
jours après son échec, quitta Van.

*
* *

Malheureusement les vivres devenaient
rares ; le ravitaillement était impossible. Pourtant on ne voulut pas renvoyer les quinze à
vingt mille paysans du vilayet, réfugiés dans
Van, car leur renvoi aurait équivalu à les con-
damner à mort.

Cependant les comités soutenaient le courage de la population, en lui annonçant la
prochaine arrivée de l'armée russe. Mais le
temps passait et la situation des assiégés devo-

nait de jour en jour plus précaire. Enfin, un soir, on apprit l'entrée, à Séraï, à peine distant de trente kilomètres de Van, du corps de volontaires arméniens, avant-garde des troupes russes. C'était la délivrance. La joie éclata, on s'embrassa dans les rues, il était temps : le pain et les munitions étaient épuisés.....

Le 16 mai, dans le camp ottoman, Djevdet bey reçoit d'un caïmakam l'annonce officielle de l'approche des Russes. Immédiatement il gagne, avec ses fonctionnaires, les bateaux amarrés au port... Et c'est la débandade. La fuite des Turcs, civils et soldats, est générale, précipitée, presque éperdue. Les soldats qui occupaient la maison des Pères Dominicains s'enfuient avec tant de hâte, qu'ils laissent sur le feu leur repas qui cuisait.

* *
*

L'avant-garde de l'armée russe entra à Van le cinquième jour après la fuite des Turcs. Elle fut reçue solennellement par toutes les notabilités de la ville ; les jeunes filles portaient des bouquets de fleurs et la fanfare des écoles prit la tête du cortège, au milieu des acclamations de la population et des volontaires.

*
* *

Tandis que j'écoute ces récits, les ruines
de Van brillent sous les rayons de l'ardent
soleil qui, là-bas, accroche des flammes d'or
aux angles de la roche de Sémiramis, où la
légende veut que la reine fastueuse attende
toujours la résurrection d'Ara-le-Beau, dont
son cœur s'était épris, mais qui, refusant sa
main et son trône, resta fidèle à sa patrie et
mourut pour sa défense. Elle attend que Lezk,
le rocher qui se dresse en face du sein et qui,
depuis des siècles, est le tombeau mystérieux
du monarque arménien, à la romanesque épo-
pée, lui rende celui qu'elle aime toujours (*).

Van et toute la contrée sont en ruines, mais
cette nature magnifique peut-elle être ruinée
à jamais ?

(*) Sémiramis envoya son armée en Arménie pour
s'emparer de ce roi rebelle à son amour. Ara-le-Beau,
sous le costume d'un simple soldat, combattit dans
l'armée arménienne et fut tué. Affolée de douleur,
Sémiramis fit alors porter son cadavre aux dieux
« lécheurs » (Lezk) mais ceux-ci ne purent rendre
la vie au roi d'Arménie.

Son fils lui succéda sur le trône d'Arménie, que
Sémiramis, malgré sa puissance, ne put assujettir.

LES VOLONTAIRES ARMÉNIENS

Les Volontaires Arméniens

Cette étude sur la résistance opposée aux massacreurs ne serait pas complète, si je ne parlais pas des volontaires arméniens qui, au cours de la guerre, s'enrôlèrent dans les différentes armées alliées, et plus particulièrement dans l'armée russe.

Déjà, dès les premiers jours de la guerre européenne, avant que la Turquie n'y prit part, les agents du gouvernement turc, à Erzeroum et à Van, avaient engagé des négociations avec les représentants du parti arménien « Daschnakzoutioun » en vue de les engager à organiser des corps de volontaires arméniens, dont ils comptaient se servir au cours de la guerre qu'ils envisageaient contre la Russie.

Nadji bey et Choukri bey (délégués du comité Union et Progrès), qui assumèrent cette mission, déclarèrent aux représentants des Arméniens ;

« *Aidez-nous, organisez des bandes de volontaires, tâchez en même temps de provoquer un soulèvement des Arméniens du Caucase, et, du jour où nous aurons chassé les Russes du Caucase, nous vous donnerons l'autonomie dont vous rêvez depuis si longtemps.* »

Les délégués arméniens opposèrent un refus catégorique à ces promesses fallacieuses. Ils cherchèrent même à dissuader les Turcs d'entrer dans la guerre qui, disaient-ils, « *serait, dans tous les cas, désastreuse pour la Turquie* ». Telle était, en effet, leur conviction. Toujours avec la même franchise, ils ajoutèrent :

« *Si la Turquie entre en lice, les Arméniens feront loyalement leur devoir, mais ils le feront de chaque côté de la frontière, envers leurs gouvernements respectifs : en Turquie dans l'armée turque, au Caucase dans l'armée russe.*

Cette réponse ne plût guère aux délégués turcs, pour lesquels la guerre contre la Russie était déjà chose décidée.

*
**

Bientôt, on mobilisa en Turquie et, avec le recrutement de la jeunesse arménienne, com-

TROIS CHEFS DE VOLONTAIRES ARMÉNIENS

De haut en bas : Hamazasp, chef du 3e corps; Kéri, chef du 4e corps;
Vartan qui commanda, en avril 1915, les 2e, 3e et 4e corps réunis.

Un groupe de volontaires arméniens (au centre, Sébou, un de leurs chefs).

mencèrent, sous prétexte de réquisition, la
confiscation des biens, le pillage des magasins
arméniens, la main-mise sur le bétail, en un
mot, on ruina le commerçant, l'artisan et le
paysan qui, cependant, accomplissaient leurs
devoirs envers l'Etat et dans l'armée. (Natu-
réellement il y eut des déserteurs arméniens,
mais les musulmans désertèrent tout autant.)

Bientôt, les autorités turques passèrent au
système des persécutions, puis à celui de la
déportation et des massacres.

Certes, les Arméniens de Turquie se rendaient bien compte que la victoire des Alliés
pourrait, seule, leur apporter la paix et la
liberté. Néanmoins, je le répète, ils ne mani-
festèrent leurs sympathies par aucun acte.

⁕⁕⁕

Par contre, la déclaration de la guerre
russo-turque provoqua le plus vif enthousiasme parmi les Arméniens de Russie et d'Europe. On organisa des meetings dans lesquels
les patriotes arméniens donnèrent libre cours
à leurs ardentes sympathies pour la Triple-
Entente.

Des centaines de jeunes gens (étudiants et
autres), à Paris et à Marseille, par exemple,

s'enrôlèrent, comme volontaires, dans l'armée française, où nombre d'entre eux se distinguèrent par leur bravoure.

Il y eut aussi de nombreux enrôlements dans l'armée anglaise, mais c'est plus particulièrement parmi les Arméniens russes que l'enthousiasme, pour la cause de l'Entente, prit la plus grande extension.

Prévoyant la déclaration de guerre de la Turquie, Vorontzoff-Daschkoff, vice-roi du Caucase, à cette époque, avait invité les notables arméniens de son gouvernement à organiser des corps de volontaires pour combattre les Turcs, dans le cas où la guerre russo-turque éclaterait. En échange, il promettait de faire réaliser, dans l'Arménie turque, après la victoire, le projet de réformes que la Russie, elle-même, avait présenté en 1913. La tâche des notables arméniens de Russie fut aisée, car elle concordait avec les aspirations de tous les Arméniens du Caucase — environ deux millions — qui, depuis un quart de siècle, ont toujours secouru et aidé leurs frères de Turquie. L'enthousiasme fut même si grand qu'avant la fin de ces négociations russo-arméniennes, des groupes de volontaires se présentèrent, spontanément, à Kars et à Sarikamech, et demandèrent à rejoindre les troupes russes,

Pour donner un cours régulier à ce mouvement patriotique. et afin de centraliser tous
les courants de l'opinion arménienne on créa
le « Bureau national arménien » qui eut son
siège à Tiflis.

Il fit appel aux fameux chefs Andranik,
Kéri, Dro, Hamazasp, etc..., militants éprou-
vés dans les luttes menées en Arménie, depuis
un quart de siècle, contre la tyrannie hamidienne. Parmi eux le plus célèbre et le plus
populaire était Andranik.

Toute la population arménienne du Caucase
s'empressa d'apporter son concours (en hommes et en argent) à ce mouvement d'affranchissement national.

Le gouvernement russe limita le nombre des
volontaires arméniens à environ sept mille. (Je
ne parle pas des cent cinquante mille soldats
de race arménienne qui se trouvaient dans
l'armée russe).

Le premier corps de volontaires, sous le commandement d'Andranik, fut envoyé sur le
front persan, le deuxième, commandé par Dro,

fut dirigé sur Bayazet; le troisième, avec Hamazasp, alla vers Kaguizman et le quatrième, avec Kéri, partit pour Olty.

Les journaux (caucasiens et russes) ont relaté les exploits de ces volontaires arméniens qui, par leur bravoure et leur connaissance des localités et de l'ennemi, ont été, au début de la campagne turque, de précieux auxiliaires pour l'armée russe. Bientôt, les noms d'Andranik et de Kéri, légendaires parmi les Arméniens, furent également célèbres pour les Russes.

Le corps de Kéri combattit, dans des conditions particulièrement difficiles, du côté de Sarikamech, où il a contribué à la victoire russe, aux heures tragiques de décembre 1914, quand les Turcs, avec de grandes forces, passaient la frontière du Caucase et menaçaient Tiflis et toute l'Arménie russe. Dans cette tentative audacieuse qui se termina par la débâcle de l'armée turque, Kéri et ses volontaires jouèrent un rôle très important.

En avril 1915, les trois corps de Kéri, d'Hamazasp et de Dro, réunis sous le commandement de Vardan, un autre chef arménien de haute valeur, marchèrent sur Van, où, on l'a vu, la population arménienne, sous la menace de l'extermination, s'était retranchée dans ses quartiers, et soutenait un siège héroïque.

Quand les volontaires arméniens, au nombre de trois mille, arrivèrent sous les murs de Van, les Turcs prirent la fuite. Et, dans Van, délivré le 6 mai 1915, l'armée russe, précédée par le corps arménien, fit une entrée triomphale.

Kéri, Dro et Hamazasp se séparèrent alors, et, chacun, avec son corps de volontaires, continua à livrer de rudes combats aux Kurdes. Ils affranchirent ainsi presque tout le vilayet de Van.

Puis Dro se dirigea dans la direction de Mouch. Il entra, le premier, avec son corps, à Khnis-Kalé, et remporta une grande victoire dans la plaine de Mouch.

Deux mois plus tard, le corps d'Andranik se distinguait dans les importants combats de Dilman, à la frontière turco-persane, contre l'armée de Halil bey.

Vers cette époque, un cinquième corps de volontaires arméniens fut créé, avec l'autorisation du gouvernement russe, et mis sous les ordres de Ichkhan, un des plus anciens militants arméniens.

Sans vouloir donner le détail de tous les combats auxquels prirent part ces corps de volontaires, je dois cependant signaler encore

la lutte héroïque d'Andranik et de ses hommes,
autour de Bitlis où les volontaires arméniens
entrèrent les premiers ; la mort héroïque de
Kéri à Revandouze, alors qu'à la tête de ses
troupes, le vieux chef conduisait un assaut
victorieux.

M. Sazonoff a solennellement fait, à la
Douma, l'éloge des volontaires arméniens et de
l'esprit de sacrifice montré par toute la population arménienne.

LES ENFANTS ARMÉNIENS

Les enfants errants.

En parcourant l'Arménie martyre, dont les troupes russes libèrent maintenant le sol, si j'ai recueilli bien des récits d'horreur et de mort, si j'ai retrouvé les vesti- ges de bien des scènes sanglantes, j'ai ren- contré aussi, dans cette contrée qui semble rejetée aux temps barbares, des spectacles d'étrangeté poignante, qui évoquent et renou- vellent les plus insolites et tragiques légendes du moyen âge, quand de petites formes chance- lantes encore et à peine parlantes s'en allaient seules à travers un monde de désespoir et de calamité.

Les enfants arméniens ! J'ai dit quel fut le sort de ceux qui échappèrent à la mort, et qui restèrent, pitoyables petites épaves, aux mains des bourreaux de leur race : des Turcs qui les internèrent parmi les familles musulmanes où tout leur était étranger et hostile, des Kurdes qui les emportèrent dans les montagnes sauvages.

Ces derniers enfants, en assez grand nombre, échappèrent à leurs ravisseurs, et, inconscients du danger et des difficultés insurmontables tentèrent de revenir à leur village, là où était naguère la maison familiale.....

Combien s'égarèrent? Combien, leurs faibles forces bientôt épuisées, périrent en chemin de fatigue, de faim, de froid, de peur?..... Et ceux qui, par miracle, arrivèrent, ne retrouvèrent ni village, ni maison, mais des ruines désertes, des cendres froides et, çà et là, des ossements.

Dans ces décombres, où avait été leur foyer, ces enfants, pourtant, demeurèrent. Ils y vécurent des semaines, des mois, je l'ai déjà signalé, isolés, se nourrissant de détritus, d'herbes, de racines, d'insectes, se cachant nus et farouches. J'en ai vu plusieurs, recueillis par les troupes russes ou les volontaires arméniens.

Lors de l'arrivée des troupes russes à Varténis, village voisin de Mouch, les cosaques, qui opéraient une reconnaissance, aperçurent

soudain, un spectacle d'horreur : Quatre
enfants hâves et maigres, entièrement nus,
accroupis autour de la carcasse en putréfaction d'un cheval, en arrachaient les lambeaux
qu'ils mangeaient à belles dents. A la vue des
soldats, trois d'entre eux s'enfuirent dans la
campagne avec une extraordinaire vélocité et
ne purent être rejoints. Seule, une petite fille
d'une dizaine d'années, resta là, continuant
son immonde repas et put être capturée.

*
* *

A Dzéghag, dans les ruines du village, on
découvrit un petit garçon de huit ans. Mourant
de faim, épuisé, squelettique, il avait à peine
la force de se mouvoir.

Depuis trois mois, il vivait là, abandonné et
seul.

*
* *

Dans le village désert de Khnis-Kalé, un
autre enfant, un garçon de dix ans, fut trouvé.
Dans ce village pris et repris à tour de rôle
par les Kurdes et les Russes, il avait réussi,
pendant huit mois, à se cacher. Il avait eu la
poitrine traversée par une balle, mais la bles-

sure était guérie. Nu, hagard, décharné, farouche, il ne savait plus parler, il jetait des cris rauques et, quand on se saisit de lui, il se débattit, il griffa et mordit comme une bête sauvage.

**

Dans ces contrées maintenant désolées, des enfants, isolés ou par groupe, ont erré au hasard pendant des semaines, pendant des mois.

Voici, par exemple, la rencontre que j'ai faite un jour :

Protégés par l'armée turque de Kiamil Pacha, les Kurdes se retiraient avec leur butin dans leurs montagnes abruptes, emmenant avec eux des captifs arméniens, femmes et enfants.

Le corps des volontaires arméniens s'était lancé à leur poursuite, mais sans aucune chance de les atteindre, les Kurdes ayant une journée d'avance.

En atteignant la crête des hauteurs que nous escaladons, nous apercevons au loin une singulière petite caravane qui vient à notre rencontre. Les silhouettes se précisent et nous sommes frappés d'étonnement : la caravane se compose de quatre ânes qui portent chacun plusieurs enfants. Sur le premier âne, un petit garçon est à califourchon ; il guide la bête, tout en maintenant devant lui un bébé de deux ans, tandis qu'un autre de trois ans, en croupe, se cramponne de toutes ses forces à son dos. Les autres ânes sont montés chacun par deux ou trois enfants, garçons et fillettes, de quatre à six ans.

« Qui êtes-vous ?..... D'où venez-vous ?.....

— *Aghadjan* (seigneur), nous sommes des enfants arméniens ; nous avons échappé aux Kurdes.

— Où avez-vous trouvé ces ânes ?

— Il y en a partout sur la montagne. »

Celui qui me répond, d'une façon parfaitement claire et délibérée, est le garçon de huit ans, qui monte le premier âne. C'est lui le chef de la caravane. Il continue ses explications :

« Il y avait deux jours que nous nous étions sauvés ; à force de marcher nous n'en pouvions plus, surtout les tout petits. Alors j'ai eu l'idée d'attraper les ânes.

— Et où allez-vous ?

— Nous retournons à notre village.

— Tu sais où c'est ?... Tu connais le chemin ?...

« Oh ! oui, très bien. Notre village c'est Soukim, au bord du Tigre.

— Mais ton village a été détruit. Il n'en existe plus rien ! »

L'enfant a un petit haussement d'épaules et, avec une assurance d'homme, me répond :

« Oh ! nous trouverons toujours bien quelque chose. Et puis cela vaut toujours mieux que d'être restés chez les Kurdes..... »

*
* *

Mais il s'interrompt, les yeux fixes. Le groupe des volontaires arméniens à pied vient de nous rejoindre.

« Mon oncle ! »

L'enfant dégringole de son âne et court, les bras tendus, vers l'un des soldats. Ils s'étreignent, s'embrassent et pleurent.

« Où sont tes parents ! tes frères et tes sœurs ?

— Maman et mes sœurs sont chez les Kurdes. Mon père et mes frères sont tués.

— Et..... les miens ? demande en hésitant le soldat.

— Tués ! »

L'enfant a répondu avec calme. Il a vu tant de sang, il a une si lourde tâche à accomplir pour mener là-bas ses petits compagnons, qu'il ne s'émeut plus, mais l'homme pâlit et des larmes coulent sur ses joues.

Soudain un **ordre bref** :

« En avant ! »

Les volontaires arméniens reprennent leur marche. Le soldat, encore une fois, étreint l'enfant et, à son rang, sans se retourner, s'éloigne. La caravane enfantine, en sens inverse, continue sa route, elle aussi, à travers la désolation du pays, vers le village en ruines qui est son but, et bientôt, derrière un repli du terrain, disparaît.....

Hagards, décharnés, farouches, certains enfants arméniens, retrouvés dans les décombres des villages arméniens ruinés, étaient revenus à l'état sauvage.

L'AGONIE DES DÉPORTÉS
EN MÉSOPOTAMIE

Les camps des supplices et de la mort

C'est le long des rives brûlantes du lointain Euphrate, entre la Mésopotamie torride et le Badiet-ech-Cham, le désert désolé de Syrie, dans une contrée maudite et qui est un enfer, que les déportés arméniens échappés au grand massacre sont parqués. Leur existence est telle qu'aucun mot n'en peut exprimer l'horreur, au dire unanime des très rares voyageurs qui ont pu approcher des camps où, entre Alep et Bagdad, les infortunés achèvent de mourir.

Soumis aux plus effroyables souffrances, sans abri ni nourriture suffisante, toujours en plein vent, tant durant les froids mortels de l'hiver, que pendant les ardeurs effrayantes d'un été impitoyable, ils périssent en grand nombre, quotidiennement, et ceux que frappe la mort sont les moins à plaindre.

⌜ * ⌝
* *

Un médecin de l'armée turque, le docteur
H. Toroyan — de naissance arménienne,
comme son nom l'indique — fut chargé par le
gouvernement turc de visiter les camps
de déportés. Au cours de sa mission, il fut le
témoin impuissant d'horreurs telles, il assista
à des scènes si monstrueuses, qu'il résolut de
fuir, au risque de sa vie, afin de révéler au
monde civilisé la barbarie et l'infamie des
coupables : les gouvernants de la Turquie et
leurs complices.

Le docteur Toroyan, malgré les difficultés
presque insurmontables qu'il eut à vaincre,
réussit à s'échapper et à gagner le Caucase. Je
l'ai vu et ses premiers mots furent ceux-ci :

« Mes malheureux frères déportés en Mésopotamie m'ont supplié de faire appel en leur
faveur au monde civilisé tout entier, aux
Arméniens du Caucase particulièrement, et
surtout aux Arméniens d'Amérique, dont les
femmes et les enfants meurent chaque jour,
décimés par la souffrance, par la faim, par la
maladie et par la cruauté démoniaque des
« zaptiehs » qui les gardent dans leur exil. »

Il me montra ensuite les notes qu'il a prises

au jour le jour, au cours de son voyage d'inspection le long de l'Euphrate.

C'est une longue suite de visions effroyables, de récits de meurtres et de tortures, d'attentats révoltants. La bestialité des instincts se déchaîne dans les larmes et le sang.

C'est le 25 novembre 1915 que le docteur Toroyan quitta Djérablous pour, en radeau, descendre le cours de l'Euphrate.

A Djérablous, il vit une caravane d'Arméniens de Syrie, chassés de Beyrouth, et vingt-cinq familles arméniennes d'Aïntap que des gendarmes poussaient à coup de fouet vers le tribunal.

D'autres familles arméniennes arrivaient de Césarée et de Konia par chemin de fer. Dès leur débarquement elles furent victimes des pires violences. « Les tchetchen » (tribu circassienne), enlevèrent trois cents femmes et jeunes filles, afin de les vendre comme esclaves. Toutes ces malheureuses appartenaient à des familles de Diarbékir, de Mardin et de Kharpout.

⁂

Mais ici, je laisse la parole au docteur Toroyan :

« Dans ce camp, me raconta-t-il, se trouvaient encore entassés des Arméniens d'Adana et de la Cilicie. C'étaient pour la plupart des femmes et des jeunes filles. Deux d'entre elles que je connaissais bien, mais que je reconnus à peine, tant leur état d'épuisement était lamentable, se jetèrent à mes pieds :

« Dites aux « braves » qu'ils se hâtent d'arriver en Mésopotamie, me crièrent-elles en sanglotant. Nous sommes plus que mortes !...... »

Sur son radeau, au fil du courant, le docteur descendit jusqu'à Meskéné. Là, il aborde et, escorté par deux gendarmes turcs, il visite le camp des Arméniens.

— « Les infortunés étaient à peine couverts de haillons, dit-il, et n'avaient rien pour s'abriter contre les intempéries. Quelques-uns, accroupis sur le sol, essayaient de se mettre à couvert sous des parapluies en morceaux, mais la plupart n'avaient même pas ce misérable abri !

« Je demande aux gendarmes qui m'accompagnaient ce que sont tous les étranges monticules de terre que j'aperçois partout et autour desquels errent des milliers de chiens.

— Ce sont les tombeaux des « Giaours », me répondent-ils tranquillement.

— C'est étrange ! Tant de tombes pour un si petit village ?

— Ah ! vous ne savez pas !..... Ce sont les tombeaux de ces « chiens » qui avaient été amenés les premiers, au mois d'août. Ils sont tous morts de soif.

— De soif ! N'y avait-il plus d'eau dans l'Euphrate ?

— Nous avions défense, pendant des semaines entières, de les laisser boire.

« J'arrive à l'extrémité de cet immense champ de tombes. Deux vieillards sont là accroupis et qui sanglotent. Je les interroge :

— D'où êtes-vous ?

Ils ne répondent pas. La souffrance les a stupéfiés. Peut-être ne savent-ils plus parler. Plus loin, cependant, un autre déporté prostré sur le sol, au milieu d'autres infortunés de la même famille, finit par me répondre. J'apprends que le camp renferme cinq mille Arméniens de Mersina et d'autres villes de Cilicie.

* **

Cependant les deux gendarmes qui m'escortent se rapprochent de moi. Ils me désignent une jeune fille :

« — Effendi ! prenons-la et emmenons-la avec nous à Bagdad !... »

Et, sans attendre ma réponse, ils appellent la

malheureuse. Elle s'approche, frémissante de peur. Elle me dit quelques mots en français. Avant d'être déportée, elle était institutrice à Smyrne. Elle meurt de faim. Je cherche à obtenir d'elle des détails précis sur le martyre des déportés, mais elle n'a qu'une réponse : Du pain !... du pain !... Puis elle défaille et tombe évanouie.

« — Elle est morte !... L'institutrice aussi est morte de faim ! », crient autour de nous des voix plaintives. Mais les gendarmes veulent profiter de l'évanouissement de l'infortunée pour s'emparer d'elle. Déjà, ils l'ont saisie et la portent vers notre radeau. Je les arrête.

Entre les lèvres de la pauvre fille, je verse quelques gouttes de cognac et elle reprend ses sens.

* *

« Une mère vient me supplier. Elle s'offre elle-même, elle m'offre sa vie, pour que je sauve son fils qui agonise, dévoré de fièvre.

« Je lui donne un peu d'aspirine.

« Et maintenant, c'est par milliers que se pressent autour de moi des malheureux décharnés, aux joues caves, aux yeux éteints ou trop brillants et qui, de toutes parts, arrivent aussi vite qu'ils peuvent et m'entourent d'un tumulte de cris désespérés : « Du pain !... des remèdes !... »

« Les gendarmes s'élancent. Dans cette misérable foule, à coups de pieds, à coups de poings, ils tapent au hasard, tant qu'ils peuvent. Je m'enfuis, désespéré de mon impuissance à soulager tant de souffrances.

*
* *

« Voici deux femmes, l'une vieille, l'autre très jeune et très jolie, qui portent le cadavre d'une jeune femme. La sœur et la mère de la morte sans doute.

« Je les ai à peine dépassées que s'élèvent des clameurs d'épouvante : Un Arabe frappe le cadavre et réussit à le faire rouler à terre. Puis, encouragé par les gendarmes, il veut enlever la jeune fille qui se débat désespérément entre les bras de la brute qui essaie de l'entraîner.

« La jeune fille évanouie s'abat à côté du cadavre, et la vieille, agenouillée, les yeux hagards, sanglote et se tord les mains devant les deux corps étendus :

« Je ne peux pas intervenir. J'ai les ordres

les plus sévères. Tremblant de rage et d'indignation, je me réfugie sur mon radeau amarré sur le fleuve.

« Au milieu de la nuit des cris éperdus me réveillent.

« Mes deux gendarmes, restés dans le camp, ont saisi des jeunes Arméniennes ; ils veulent les violenter et frappent sauvagement les déportés qui tentent d'intervenir.....

« Le tumulte, que j'entends sans le voir, se prolonge. Enfin les gendarmes reviennent, le batelier détache le radeau et prend les rames. Nous partons.....

« Absorbé par mes pensées, le cœur brisé, je me laisse emporter par la barque qui, lentement, glisse sur l'onde calme. Soudain les gendarmes ont un cri et s'esclaffent comme à une bonne farce :

« — La fille !..... la fille de cette nuit !..... »

« Je regarde : au fil de l'eau flotte un cadavre qu'ils ont reconnu et que je reconnais moi aussi.

« C'est celui de l'institutrice de Smyrne, de la malheureuse fille à qui j'ai causé quelques heures plus tôt. C'est elle qui, dans l'obscurité, a été la victime des deux bêtes féroces qui m'accompagnent. »

Un document tragique.

Un nouveau document — irréfutable et précis, — m'est parvenu plus tard, sur le sort affreux de ces infortunés déportés, qui succombent lentement, torturés par la faim, terrassés par l'épuisement et la maladie. Il émane du « Comité américain de secours aux Arméniens et aux Syriens ». C'est le dernier rapport, envoyé, *l'automne dernier* (1916), à ce comité par un personnage qui n'est pas américain mais qui appartient à une nation neutre.

« ... Il m'est impossible, écrit le rapporteur, de rendre l'impression d'horreur que m'a laissée cette visite des camps arméniens, surtout de ceux qui, à l'est de l'Euphrate, se trouvent entre Meskéné et Deïr-el-Zor. Dans cette région, du reste, on ne peut même pas appeler « camps » les endroits où les déportés, à peu près nus pour la plupart et presque sans nourriture, sont parqués comme du bétail, en plein

air, sans aucun abri, sous le climat terrible
ment rigoureux du désert, torride l'été, glacial
l'hiver.

« Seuls, quelques-uns, les moins affaiblis,
ont réussi à se creuser des abris, sous terre,
au bord du fleuve. D'autres, en très petit nombre, qui ont pu sauver du désastre quelques
hardes, en ont fabriqué des tentes rudimen-
taires.

« Tous sont affamés, tous, avec leurs faces
creuses, blêmes, hagardes, avec leur corps
décharné et desséché, ont l'apparence de squelettes mouvants, que dévorent les plus affreuses maladies.

« *Il semble que la volonté du gouvernement
soit de les faire périr par la faim.* »

* * *

Le rapporteur rappelle que ces restes de la
population de l'Arménie turque, jetés sur les
bords de l'Euphrate se composent exclusivement de femmes, de vieillards et d'enfants. Les
hommes d'âge moyen et les jeunes gens ont été
assassinés pour la plupart; les survivants
cassent des pierres, dispersés sur les routes de
l'empire. Les jeunes filles, même les plus jeunes, sont devenues la proie des musulmans,

lorsqu'elles n'ont pas été tuées, elles aussi, durant le trajet des caravanes.

Puis le rapporteur continue :

« ... Des gendarmes à cheval, rôdent autour des camps de concentration pour empêcher les évasions dans ce désert, où pourtant la mort est certaine.

« J'ai rencontré, en divers endroits, plusieurs de ces évadés, que les gendarmes avaient abandonnés à leur sort et autour desquels des chiens affamés se tenaient, attendant qu'ils aient exhalé leur dernier soupir. »

***

C'est à Meskéné, choisi à cause de sa position géographique, aux confins de la Syrie et de la Mésopotamie, qu'ont été rassemblées les caravanes de déportés avant qu'elles soient échelonnées le long de l'Euphrate.

« ... Ils sont arrivés ici par milliers, écrit le rapporteur, mais le plus grand nombre y ont laissé leurs ossements.

« J'ai pris mes renseignements sur les lieux mêmes et je puis affirmer qu'environ *soixante mille* Arméniens sont enterrés ici, victimes de la faim, des fatigues, des mauvais traitements et des maladies.

« L'impression qu'on éprouve devant cette immense plaine de Meskéné est sinistre. *A perte de vue, on aperçoit des monticules, à la file,* sous chacun desquels sont enterrés, pêle-mêle, *deux ou trois cents cadavres* de femmes, de vieillards et d'enfants.

☙

« Actuellement, quatre ou cinq mille Arméniens campent entre le bourg de Meskéné et l'Euphrate : ce ne sont que des fantômes. Les Turcs qui en ont la garde, ne leur distribuent qu'irrégulièrement un peu de pain, et toujours en quantité insuffisante. *Parfois ces malheureux n'ont rien à manger pendant trois et quatre jours.*

« Une terrible dysenterie y fait de nombreuses victimes, surtout parmi les enfants, qui se jettent avidement sur tout ce qui leur tombe sous la main et qui mangent de l'herbe, de la terre, voir même leurs propres excréments !

« Sous une grande hutte, près de *six cents orphelins* subsistent entassés dans l'ordure, rongés de vermine ! Ces enfants ne reçoivent que 150 grammes de pain par jour. Souvent ils restent deux jours sans rien recevoir. La mortalité fait de tels ravages que, après huit jours, lorsque je suis repassé près de cette hutte, *dix-sept de ces orphelins* étaient morts de maladies intestinales depuis mon premier passage.

***

« Abou-Herréra est une petite localité, au nord de Meskéné, sur les bords de l'Euphrate. C'est l'endroit le plus malsain du désert. Là, à deux cents mètres du fleuve, deux cent quarante Arméniens sont parqués sur une petite colline. Ils meurent de faim littéralement. A l'endroit où ma voiture s'était arrêtée, quelques femmes se mirent à chercher, dans le crottin des chevaux, les grains d'orge afin de les manger. Je leur ai donné un peu de pain. Elles se sont jetées dessus comme des bêtes affamées et l'ont dévoré avec des hoquets et des tremblements d'épileptiques. Informés par l'une d'elles de la distribution que je venais de faire, les deux cent quarante malheureux descendirent de leur colline et, tendant vers moi leurs bras décharnés, me supplièrent de leur donner du pain. *Ils n'avaient rien mangé depuis sept jours.* C'étaient, pour la plupart, des femmes et des enfants ; il y avait aussi cinq ou six vieillards.

*
* *

« ... Au petit village de Hama, où se trouvent mille six cents Arméniens, la situation est identique. Le plus grand nombre des déportés couche sur le sol, sans abri, et se nourrit de pastèques. Les plus malheureux mangent les épluchures jetées par les autres. La mortalité est grande, surtout parmi les enfants.

*
* *

« A Rakka, bourg assez important, sur la rive gauche de l'Euphrate, cinq à six mille Arméniens, pour la plupart des femmes et des enfants, vivent entassés, *cinquante à soixante par maison*, et ceci est une faveur due à la bienveillance du gouverneur.

« Cette bienveillance d'un fonctionnaire ottoman à l'égard des déportés, pourtant sujets ottomans, doit être considérée, dans les circonstances actuelles, comme de la générosité et même comme de l'héroïsme. Pourtant leur misère est quand même terrible. On ne leur distribue de la farine que d'une manière irrégulière et en quantité insuffisante ; aussi peut-on voir des centaines de femmes et d'enfants mendier dans la rue.

LES ARMÉNIENS RÉFUGIÉS AU CAUCASE
Un groupe de fugitifs de la province de Van.

« Sur la rive droite de l'Euphrate, en face de Rakka, mille Arméniens environ, vivent dans des huttes, sous la surveillance des gendarmes. Ils attendent là que la mort ait fait de la place pour eux dans les camps de concentration plus éloignés.

« A Ziarat, au nord de Rakka, se trouvent mille huit cents Arméniens. Là, plus que partout ailleurs, ils souffrent de la faim, car Ziarat est tout à fait désert. Des bandes d'affamés errent au bord du fleuve pour chercher de l'herbe à manger. Nombreux sont ceux qui meurent d'épuisement sous les yeux des gendarmes indifférents.

« Au petit village de Sabca vivent près de trois cents Arméniens. Leur sort est aussi lamentable ; ils sont aussi affamés que ceux des autres camps.

* *
* *

« ... Trente mille Arméniens campaient, voici quelques mois, autour de Déïr-el-Zor, centre du Mutessariffat du même nom, où ils jouissaient de la protection du gouverneur Ali-Souad bey. Je dois mentionner le nom de cet homme de cœur, car il s'efforçait de soulager les souffrances des exilés. Quelques-uns d'entre eux avaient commencé à faire un peu de commerce. Ils se trouvaient relativement heureux.

« ... Dès que le pouvoir central eut été informé de la façon dont les Arméniens étaient traités à Déïr-el-Zor, Ali-Souad bey a été transféré à Bagdad et remplacé par Zéki bey. L'arrivée de ce nouveau mutessarif, renommé pour sa cruauté, fut, pour les déportés, le signal d'effroyables tortures.

« La prison, la bastonnade et les pendaisons ont remplacé maintenant les distributions quotidiennes de pain. Les jeunes filles ont subi les pires violences et ont été livrées aux Arabes du voisinage. Des enfants ont été noyés dans le fleuve.

« Ali-Souad bey avait réuni dans une grande maison un millier d'orphelins, qu'il entretenait aux frais de la ville. Son successeur les a jetés à la rue où le plus grand nombre sont morts.

« Les trente mille Arméniens qui se trouvaient à Deïr-el-Zor ont été ensuite éparpillés le long de la rivière Chébour (affluent de l'Euphrate), dans la région la plus stérile du pays, où il leur est absolument impossible de trouver quoi que ce soit à manger.

« *D'après les renseignements que j'ai recueillis, la plupart d'entre eux ont déjà succombé et le reste les suivra bientôt dans la mort.*

*

« J'estime à *quinze mille* à peine(*) les Arméniens qui vivent encore sur les bords de l'Euphrate, entre Meskéné et Déïr-el-Zor », conclut le rapporteur qui termine son rapport par un pressant appel à la charité américaine.

*

Dans le *Journal* où, le 16 février 1917, j'ai publié ce document, j'ajoutais :

Ce rapport, si tragique dans ses précisions

(*) Ce chiffre ne concerne pas la totalité des Arméniens déportés qui survivent en Mésopotamie, mais seulement ceux qui sont campés entre Meskéné et Deïr-el-Zor.

minutieuses, n'a pas besoin d'être commenté.
Pourtant je poserai une question :

Si, après la guerre, sur les 500.000 déportés
que le gouvernement turc a parqués en Mésopotamie, on ne retrouve plus personne, ou seulement un nombre infime de survivants, les représentants des nations neutres résidant à Constantinople n'auront-ils pas une lourde responsabilité aux yeux du monde civilisé, s'ils ne
peuvent démontrer qu'ils ont fait tout ce qui
leur était humainement possible pour empêcher le crime d'être accompli jusqu'au bout?

Le seul résultat obtenu jusqu'à présent par
les Etats-Unis est que l'argent recueilli en
Amérique pour les Arméniens et les Syriens
— une dizaine de millions de francs — leur
soit distribué par l'entremise des consuls américains.

Mais, pour le Liban et la Syrie, le gouvernement ottoman a accepté, en outre, de laisser
distribuer, par une commission mixte de membres de la Croix-Rouge et du Croissant-Rouge,
les secours en vivres et en médicaments envoyés
d'Amérique.

Le gouvernement américain a demandé la
même autorisation pour les déportés d'Arménie *et il ne l'a pas obtenue.* De plus, la distribution de l'argent par les consuls rencontre

toutes sortes d'obstacles de la part des autorités locales.

Une démarche collective et énergique faite
par les représentants des nations neutres résidant à Constantinople, réussirait peut-être à
sauver au moins ceux qui survivent encore
parmi les déportés de l'Arménie martyre.

L'EFFROYABLE EXODE

DES RÉFUGIÉS DU CAUCASE

L'effroyable exode des réfugiés
du Caucase.

A Van, après que les Turcs, qui n'avaient
pu vaincre l'héroïque résistance des Arméniens, se furent enfuis devant l'arrivée des
troupes russes, le général Nicolaïeff, commandant le corps d'occupation formé par ces dernières, nomma gouverneur civil de la ville et
du vilayet Aram, l'un des principaux chefs
de la défense. Et la ville respira.

La quiétude cependant fut brève. Les combats se poursuivaient entre les Turcs et les
Russes. Ceux-ci, qui manquaient alors de
munitions, craignant une avance de l'ennemi
par le nord, décidèrent le 2 juillet 1915, d'évacuer la ville. Et la population, pour échapper
aux représailles turques, dut gagner la frontière du Caucase.

Déjà, au cours de l'hiver 1914-1915, plus de
100.000 Arméniens de la région d'Erzéroum
avaient réussi à fuir au Caucase, mais cette
émigration, en plein hiver, ne s'était effectuée

qu'au prix d'affreuses souffrances. Et malheureusement, à l'arrivée des réfugiés, les comités
arméniens russes, débordés, n'avaient pu, malgré leurs efforts, assumer l'écrasante tâche de
fournir les secours nécessaires.

Pareille situation se reproduisit, aggravée
jusqu'au désastre, lorsque la population de la
province de Van, qui venait de se montrer si
fièrement énergique, quitta en masse ses
foyers.

*
* *

Cette exode de 250.000 hommes, femmes et
enfants qui se mirent en route, la plupart à
pied et presque sans ressources, fut effroyable.
Il en mourut sur le chemin un si grand nombre, qu'en certains points, l'amoncellement des
cadavres empêcha les communications. D'innombrables enfants, séparés de leurs parents,
périrent abandonnés.

A Bergri-Kala, l'immense cortège des émigrants fut attaqué par les Kurdes. Ceux-ci
réussirent à séparer de la masse un tronçon
de la colonne, comprenant environ 20.000 personnes, dont on n'a plus eu depuis de nouvelles, et dont on ignore le sort.

Le flot des émigrants passa par Kars, Igdir

et Djoulfa. Il en passa 18.091 par Kars ;
170.000 par Igdir ; 18.055 par Djoulfa, plus
1.327 qui ne furent pas dénombrés alors, ce qui
fait au total : 207.473 émigrants qui arrivèrent au Caucase.

Ainsi, plus de 40.000 de ces infortunés
étaient morts ou disparus en cours de route.

55 0/0 de ceux qui arrivèrent au Caucase
étaient du sexe féminin, 30 0/0 étaient des
enfants (dont les trois quarts des filles). Il n'y
avait que 10 0/0 d'hommes en pleine force, les
5 0/0 restants étaient des vieillards incapa-
bles de travailler.

* *
*

Les Russes, cependant, n'avaient quitté Van
que pour peu de jours. Ils réoccupèrent la
ville le 7 juillet. Elle était en partie incendiée,
et ses canaux se trouvaient encombrés de cadavres, les cadavres des Arméniens qui n'avaient
pas eu le temps de fuir.

Après quelques semaines, les Russes permi-
rent à une partie des réfugiés de revenir dans
le vilayet de Van. Mais, de nouveau, l'évacuation de Van devint nécessaire, et les
25.000 à 30.000 Arméniens qui étaient revenus
reprirent le chemin de l'exil.

*
* *

L'arrivée des émigrants en territoire russe ne marqua pas pour eux le terme de leurs épreuves. Malgré le dévouement de la population arménienne du Caucase et des comités arméniens de Tiflis et de la région, il fut impossible de secourir efficacement une foule aussi immense, et le typhus, la dysenterie, le choléra décimèrent les malheureux, épuisés par la fatigue et les privations.

« Depuis la frontière turque jusqu'à Igdir (première localité russe), la région, toute entière, est pleine de réfugiés, entassés par groupes, malades et sans ressources, écrivait vers le 15 août 1915, M. Samson Aroutiounian, président du comité central arménien de Tiflis. D'Igdir et Etchmiadzine (30 kilomètres environ) tous les champs, toutes les vignes sont envahis par les fugitifs. A Igdir même 20.000 réfugiés sont entassés et il y en a 45.000 à Etchmiadzine.

« Jusqu'à la frontière turque, des cavaliers sont à la recherche des enfants et des malades dispersés, et s'occupent de faire enterrer les cadavres.

« Tous ces fugitifs sont affamés et il en

meurt, en moyenne, quinze par jours ` Igdir,
et quarante à Etchmiadzine. »

Et M. Aroutiounian ajoute :

« Des dizaines de milliers de réfugiés continuent à arriver de l'Arménie turque. On ne
voit pas la fin de ces colonnes serrées qui se
meuvent dans un nuage de poussière. La plupart sont des femmes et des enfants, pieds
nus, épuisés et affamés. Les récits qu'ils font
des sauvageries des Turcs et des Kurdes expri-
ment d'indescriptibles horreurs.

« Au cours de l'exode, dans la cohue des
troupes en retraite, et de la population affolée,
des parents ont perdu leurs enfants, et inver-
sement. Et un grand nombre d'enfants sans
parents, n'ont pas pu continuer à marcher et
sont morts en route. On a cependant recueilli
un nombre important de ces pauvres petits.
C'est ainsi qu'à Igdir et à Etchmiadzine cinq
cents petits abandonnés ou perdus ont été
réunis. »

Le 21 août 1915, le journal arménien « Horizon », de Tiflis, publiait la dépêche suivante,
qui lui était adressée par son correspondant
d'Erivan :

« Le courant des fugitifs continue. Actuellement plus de 35.000 réfugiés sont concentrés à Etchmiadzine et 20.000 à Erivan.

« Malgré le zèle dont sont animés le comité de secours d'Etchmiadzine, sous la présidence du prélat Bagrad, et les comités nationaux de Tiflis et de Moscou, avec leurs nombreux comités auxiliaires, la situation est extraordinairement douloureuse : il n'y a pas de pain en quantité suffisante, ni de nourriture chaude, ni de soins médicaux. La majeure partie des réfugiés sont malades. A Etchmiadzine et à Erivan sont installés quelques hôpitaux, où se trouvent environ 1.500 malades ; cependant, nombre de réfugiés, gravement atteints, sont couchés en plein vent, dans les cours et même dans les rues. Le nombre des décès est énorme : Avant-hier, on a enterré 103 personnes, et hier 80, à Etchmiadzine.

« Au lycée d'Etchmiadzine sont entassés 3.500 enfants dont les parents ont disparu. Ils couchent sur le plancher. Hier soir, j'ai visité cet établissement. J'ai compté dans une grande salle 110 bébés couchés sur le plancher, et absolument nus. Quelques-uns dormaient, d'autres pleuraient. L'impression était si poignante que je ne pus retenir mes larmes.

« Dans la cour, je vis un spectacle non moins

déchirant : Sous les arbres, au pied des murs, dans tous les coins, gisaient des réfugiés. De toutes parts, s'élevaient les gémissements des malades et, ça et là, on voyait des cadavres.

« Devant la porte du couvent, j'ai trouvé les corps inanimés de trois enfants. »

Ainsi, comme on le voit, même le sort des Arméniens qui échappèrent aux massacreurs turcs, fut, pendant plusieurs mois, effroyable !

AU CAUCASE
Distribution de vivres aux réfugiés arméniens.

DANS LES ASILES DE TIFLIS

Un groupe de petits orphelins arméniens, un an après leur arrivée au Caucase.
Au centre Mgr. Mesrop, catholicos arménien de Tiflis.   (Photo Henry Barby).

La voix des enfants accuse
les bourreaux.

Pour clore mon enquête sur le martyre de la malheureuse Arménie, je dois évoquer encore d'effroyables scènes, plus effroyables que toutes les autres, car les victimes en furent des enfants... Et ce sont des enfants qui me les ont racontées.

Autour de Tiflis, une douzaine de fermes ou de villas, étagées, en dehors de la ville, sur les hauteurs qui l'encadrent, sont actuellement transformées en asiles, où le Bureau national arménien, aidé par la charité privée, a recueilli les enfants arméniens, dont les parents sont morts ou ont disparu dans la tourmente qui a ravagé leur patrie.

Des jeunes filles et des jeunes femmes de Tiflis, ou réfugiées elles-mêmes de l'Arménie turque, soignent ces enfants, dont l'âge varie

de quelques mois à l'adolescence et s'efforcent
de remplacer, près d'eux, les êtres chers que,
pour la plupart, ils ne reverront plus.

Presque tous ces enfants sont originaires
des districts de Van, de Bitlis et de Chatakh, et
sont arrivés au Caucase avec la masse des
Arméniens turcs venus s'y réfugier.

*\
**

Ces enfants, je les ai visités, je les ai interrogés... La plupart d'entre eux, encore stupéfiés d'épouvante, n'osent parler ; ils frémissent
et s'affolent au seul souvenir de ce qu'ils ont
vu, de ce qu'ils ont souffert. Une fillette de
sept ans me dit : « Oh ! j'ai vu beaucoup de
choses horribles mais je ne veux pas raconter...
j'aurais encore des cauchemars... » Une autre,
de dix ans, nommée Patloun (Brillante) me
répond simplement : « Quand on a tué mon
petit frère dans mes bras, j'ai perdu ma langue... J'avais pu crier quand on a tué maman,
mais plus après... » Sa langue s'embarrasse,
elle se tait. Elle est restée muette pendant plusieurs semaines et maintenant, à la moindre
émotion, elle perd la parole.

***

Voici le récit que me fit une fillette de treize ans, nommée Areknazan, des événements qui se passèrent dans son village, à Liz, près de Van, au mois d'avril 1915 :

« Une nuit, à minuit, on frappa aux portes. C'étaient des gendarmes turcs. Ils ordonnèrent aux hommes de se rassembler et d'aller au poste de police pour être interrogés, mais on les emmena dans la montagne et on les tua. Les Turcs revinrent au village et pillèrent tout. Ils nous volèrent jusqu'à nos robes !... Au matin, on nous proposa d'aller voir nos hommes dans la montagne. Nous ne savions pas ce qui était arrivé et nous avons couru pour voir nos pères et nos frères ; mais, alors, les Kurdes nous entourèrent... et celles qui essayèrent de leur résister furent assommées à coups de pierres... Trois jours durant, cela fut ainsi. Le troisième jour, au même endroit, nous avons vu des blessés qui étaient enterrés jusqu'aux épaules, dans une fosse. Ils criaient pour avoir à boire ou pour être achevés, tant ils souffraient. Alors, on nous dit d'aller leur porter à boire et on nous donna des vases remplis de sang. Et les Kurdes riaient et nous disaient : « Faites-le leur boire, ça les rafraîchira ! »

⁚⁝⁚

Une enfant de onze ans, Saténik, du village
de Perkachen, m'a raconté :

« Les Kurdes sont venus ; nous n'avions pas
peur car ils sont entrés dans les maisons doucement, comme des amis.

« — Si vous avez des armes il faut les
« donner, nous dirent-ils, sinon tous vos hom-
« mes seront mis en prison. »

« Quand ils eurent toutes les armes, ils
rassemblèrent les hommes et leur déclarèrent :

« — La paix est faite. Nous allons fêter la
« réconciliation. »

« Ils les emmenèrent. La nuit passa. Au
matin les Kurdes revinrent avec les armes
qu'ils avaient prises ; elles étaient rouges de
sang ; c'était le sang de nos hommes qu'ils
avaient tués, et ils nous ordonnèrent de les
nettoyer en nous disant : « Nous ne voulons
« pas salir nos mains avec le sang des
« giaours ! » Puis ils nous demandèrent à
manger en ajoutant : « Nous sommes fatigués.
« Nous avons bien travaillé. Chacun de nous
« en a tué au moins trois ou quatre. » Ensuite
les violences, contre nous, commencèrent.

« Dans la maison voisine de la nôtre, on
avait réussi à cacher deux frères dans le

fumier, mais les Kurdes se sont emparés de la sœur et, comme elle se débattait et criait, les frères sont sortis de leur cachette pour la défendre. Les Kurdes les ont pris et les ont attachés chacun à un des bras de leur sœur et puis ils leur ont fait sauter la cervelle. La sœur est tombée évanouie, toute couverte de sang, en même temps que les frères tombaient morts... »

Une enfant de quatorze ans, originaire du village de Sipan, m'a dit :

« Quand les Turcs et les Kurdes entrèrent dans le village, j'ai caché mon père et mon frère dans le *tonir* (four à pain que l'on trouve dans chaque maison arménienne). Ils fouillèrent toute la maison. J'étais couchée sur le *tonir* comme si j'avais été malade et l'un des Kurdes me donna un coup de crosse sur la tête qui me jeta en bas (l'infortunée est devenue aveugle par les suites de ce coup). Alors la fermeture du *tonir* s'ouvrit par le choc et ils ont vu mon père et mon frère. Ils se mirent à rire :

« — Puisque tu les as mis dans un four « comme du bois, nous allons le chauffer avec « eux », me dirent-ils.

« Et ils attachèrent mon père et mon frère, et, devant moi, les brûlèrent vifs. »

*
* *

Une autre enfant de treize ans, nommée Zédren, orpheline, était élevée à l'asile allemand de Van, lorsque les massacres commencèrent. La ville de Van se dépeupla rapidement. A l'asile, les orphelines terrorisées se demandaient ce qu'il allait advenir d'elles. On les embarqua enfin dans un bateau du port qui gagna l'autre rive, mais les Turcs s'y trouvaient déjà. Ils aperçurent le bateau et se mirent à tirer sur les enfants.

« Nous restions immobiles, me dit la petite Zédren, nous ne criions pas, nous ne pleurions pas. Je voyais tomber autour de moi, sur le fond du bateau, toutes mes camarades. Le bateau se remplissait de cadavres. Alors, on nous ordonna de jeter les mortes dans le lac. Nous avons obéi. Nous ne savions plus si nous avions peur. Nous nous dépêchions. Près de moi, une de mes amies (elle s'appelait Naséli, et avait quatorze ans), « travaillait » très vite, sans prendre garde aux balles qui sifflaient autour d'elle. Tout à coup, sa petite sœur tomba sur elle, tuée par une balle. Naséli poussa un grand cri, mais elle continua à jeter les corps dans l'eau quand sa sœur y eut été jetée aussi.

« La nuit vint. Les Turcs cessèrent de tirer. Nous nous endormîmes, mais pas Naséli. Elle restait debout près du gouvernail et continuait, muette, raide et les yeux hagards, à faire le geste de jeter quelque chose par-dessus bord. On ne put réussir à la faire finir, mais vers le matin on s'aperçut qu'elle n'était plus sur le bateau... Probablement elle s'est jetée à l'eau elle-même...

« Au jour, nous abordâmes la rive sans être inquiétées, mais nous étions si effrayées, que nous ne pouvions plus parler. Cependant je me rappelle mon étonnement de ne plus voir de Turcs.

« Nous débarquâmes ou plutôt nous nous jetâmes à terre et nous commençâmes à courir vers la forêt, où il y avait déjà beaucoup de femmes et d'enfants.

« Tout à coup un cri d'appel déchirant retentit derrière nous. Je me retournais et je vis notre bateau complètement vide à l'exception d'une seule petite fille, qui, les cheveux dénoués par le vent, nous faisait des gestes d'appel désespérés.

« — Elle est folle, elle aussi ! cria l'une de nous, laissons-là !.....

« Mais le vent nous apportait ses paroles :
« Je ne peux plus bouger !..... Ayez pitié de
moi ·..... Sauvez-moi !..... Je ne veux pas
mourir !...... »

« Nous ne comprenions pas ce qui lui était
arrivé. Je courus vers elle, avec quelques
autres camarades, car nous aimions toutes
cette petite Arèknaz — tel était son nom —
très gaie et qui avait si bon cœur.

« En arrivant près d'elle, nous comprîmes :
elle n'était pas folle, mais ses jambes avaient
été soudain paralysées par la peur et elle ne
pouvait plus marcher.

« Nous la prîmes dans nos bras et la por-
tâmes dans la forêt.

« Nous devions constamment fuir, nous
déplacer, et, chaque fois nous devions la porter.

« Ayez pitié !... ne me laissez pas !... nous
suppliait-elle.

« Au bout de quelques jours, elle mourut
malgré les soins dont nous l'entourions. »

.•.

Très simplement, avec un calme parfait, une
enfant de quatorze ans, Sara, m'a raconté
ceci :

« C'était la veille de Pâques (1915). Les
Turcs firent irruption dans notre village

(Ardjèch, sur les bords du lac de Van). Ils étaient armés. Ils rassemblèrent les hommes, les emmenèrent au bord du lac, les lièrent ensemble et les fusillèrent. Cela dura de une heure à cinq heures du soir et recommença le lendemain. Chaque soir, les soldats turcs venaient voir les femmes et apportaient à chacune une partie du corps de son mari, soit les pieds, soit les mains. Et ils donnaient des détails sur la façon dont ils les avaient martyrisés. Quand il n'y eut plus ni hommes ni jeunes garçons, un « Beg » vint au village. Il ordonna de rassembler toutes les femmes et toutes les jeunes filles sur la place de l'église. Puis il leur ordonna de se déshabiller complètement. Quand ce fut fait (on assomma celles qui refusèrent), on les mit par rang de taille et on les fit défiler devant le « Beg ». Il les examina et les palpa comme du bétail. On rangea à part celles qu'il désignait et toutes les autres furent massacrées... »

Je rapporterai encore la scène suivante que j'extrais du récit que m'a fait une femme nommée Hasmik, réfugiée avec quatre de ses filles, à l'asile de la Société des Dames Arméniennes, de Tiflis.

A Haren, les « tchétas »,au nombre de quatre
cents, tuèrent les hommes dans les rues mêmes
du village. La tuerie achevée ils obligèrent les
femmes à s'atteler aux « arabas » (charriots à
deux roues, traînés par des bœufs) et à aller,
elles-mêmes, ramasser les cadavres. Et, comme
les malheureuses n'avaient généralement pas
la force d'exécuter cet ordre inhumain, les
bourreaux décidèrent :

« Vous ne voulez pas ramasser vos « chéris »
avec les « arabas » !... nous allons vous y obli-
ger autrement ».

Ils attachèrent alors une corde au cou de
chaque cadavre, et contraignirent, à coups de
fouet, les femmes à les traîner, en s'attelant
à ces cordes.

Cette tâche macabre dura trois jours.

Ensuite, commencèrent les viols et les enlèvements. « Personnellement, m'a déclaré cette
femme, ils m'ont enlevé une de mes filles, mes
deux belle-sœurs, et trois cousines.

Je m'arrête. J'ai reproduit ces récits malgré
leur horreur. De tels faits ne doivent pas rester
cachés. Il faut les divulguer pour que le monde
civilisé, pour que l'histoire jugent les coupables.

LE BILAN DES MASSACRES

Le bilan des massacres.

La froide sécheresse des chiffres dépasse parfois en tragique éloquence les plus pathétiques récits. Qui pourrait ne pas frissonner en lisant ces lignes qui sont le bilan général des massacres ?

Au commencement de l'année 1915, il y avait en Turquie deux millions d'Arméniens.

Il en survit aujourd'hui à peine neuf cent mille.

Plus d'un million de créatures humaines, la moitié d'un peuple, exterminées ; telle est l'œuvre du gouvernement jeune-turc, qui fut, lorsqu'il prit le pouvoir, accueilli comme un gouvernement d'humanité et de progrès, par l'Europe civilisée.

D'après les renseignements personnels que j'ai pu recueillir au cours de mon enquête, et qui concordent en tout point avec ceux du

Bureau national arménien de Tiflis, voici comment se répartissent les survivants :

Le nombre des Arméniens qui avaient échappé aux massacres, et qui avaient été déportés en Mésopotamie était, en chiffres ronds, d'après les rapports des consuls américains, d'environ 500.000. Mais ce nombre a décru et décroit encore chaque jour, car ces malheureux déportés meurent en foule, décimés par les maladies, les privations et les mauvais traitements. Et je ne crois pas qu'il faille évaluer à plus de 250.000, ceux qui vivent encore.

En Cilicie, il reste, croit-on (espère-t-on plutôt), 100.000 Arméniens, et il y en a environ 150.000 autres dans les contrées occidentales d'Asie Mineure.

Enfin, le nombre de ceux qui sont demeurés indemnes à Constantinople et à Smyrne, est estimé à 180.000.

Il faut ajouter encore 200.000 fugitifs qui ont réussi à passer la frontière russe et se sont réfugiés au Caucase. Tout le reste des Arméniens a péri, à l'exception de ceux qui ont été convertis de force à l'Islam.

Cette extermination d'une population sans défense, laborieuse et paisible, et les actes de sauvagerie inouïs, qui l'ont accompagnée,

incombe avant tout aux Jeunes-Turcs du gouvernement. Ce sont eux qui, sous l'œil des
autorités allemandes de Constantinople, ont
conçu et ordonné la massacre ; ce sont eux qui
ont poussé vers l'assassinat les Kurdes sauvages et, partout où ce fut possible, les musulmans, en surexcitant leur fanatisme religieux.

Un seul homme, en Allemagne, s'est levé pour
protester contre de telles horreurs : le docteur
Lepsius (*) qui, à la suite des révélations de

(*) Depuis l'époque où ce chapitre a été écrit, un
autre Allemand, le Dr Niépage, maître supérieur à
l'école allemande d'Alep (Syrie) a courageusement
adressé aux représentants du peuple allemand un
rapport sur les derniers massacres arméniens, « beaucoup plus terribles, écrit-il, que sous Abdul-Hamid et
qui ont pour but d'exterminer radicalement le peuple
Arménien, peuple intelligent, industrieux, épris de
progrès, et de faire passer tout ce qu'il possédait aux
mains des Turcs. »

Le Dr Niépage n'hésite pas à déclarer que « les
spectacles auxquels il assiste depuis des mois, res-
teront en fait dans le souvenir des peuples orientaux,
une tache de honte sur l'écusson allemand. »

Ce rapport d'un témoin oculaire confirme en tous
points toute la série des monstrueuses atrocités que
j'ai relatées dans cet ouvrage. Il renferme, en outre,
de nombreuses précisions et descriptions sur les
scènes de sauvagerie auxquelles le Dr Niépage ainsi
que d'autres témoins allemands (maîtres d'école, ingé-

quelques religieuses allemandes rentrées chez elles, organisa une réunion de professeurs et de publicistes. A l'aide d'irréfutables documents, il dévoila l'anéantissement de la « paisible et tranquille » population arménienne.

Une interpellation au Reischtag suivit ces révélations. Le gouvernement allemand, impuissant à réfuter les faits, chercha simplement à s'innocenter du crime, employa tous ses efforts à faire croire que les révélations faites étaient fort exagérées, et ne s'occupa, en aucune façon, des Arméniens.

*
* *

D'ailleurs, il n'y eut pas que les Arméniens qui furent volés et assassinés sur l'ordre du gouvernement ottoman, et tous les chrétiens eurent cruellement à souffrir.

Le supérieur de la Mission Française Dominicaine, le Révérend Père Bernard, qui resta à Van, jusqu'à l'arrivée des troupes russes, m'a

nieurs du chemin de fer de Bagdad, consuls d'Alexandrette, d'Alep, de Mossoul, etc..) ont assisté.

On trouvera ce rapport dans le *fascicule III* des « *Documents sur le sort des Arméniens en 1915-16* ». publié, à Genève, par le comité de l'Œuvre de secours aux Arméniens.

DANS LES ASILES DE TIFLIS

Les petits orphelins arméniens recueillis par la population du Caucase.
Au premier plan, une fillette exécute une danse arménienne.   (Photo Henry Barby).

communiqué une liste de deuils concernant le clergé catholique, liste incomplète craint-on, mais cependant, hélas ! tristement éloquente :

L'évêque arménien catholique de Mardin, Mgr Maloyan, a été massacré avec une partie de sa communauté, et l'on est sans nouvelle des Pères Dominicains qui étaient installés dans cette ville.

Mgr Israélian, évêque catholique de Kharpout, a été massacré sur la route de l'exil, entre Orfa et Diarbékir, ainsi que les prêtres, les religieuses et une partie de la communauté.

On est sans nouvelles de Mgr Tchlébian, de Diarbékir, mais sa mort est certaine.

Mgr Khatchadourian, de Malatia, a été étranglé.

L'évêque Chaldéen et l'évêque Syrien de Djézireh, avec un certain nombre de leurs prêtres, et la sœur Régina Raffo, ont été assassinés.

Tous les prêtres Chaldéens et Syriens de Séert ont été égorgés.

On est sans nouvelle aucune des sœurs tertiaires de la Présentation, malgré toutes les recherches qui furent faites, et on a la certitude que toutes ont été tuées. Enfin les prêtres de Médéath, de Suévak, de Déréké et de Véran-Chahir ont également été mis à mort.

Le gouvernement turc, bien entendu, n'a

pas respecté les édifices religieux. Après l'expulsion des missionnaires français, leurs établissements furent pillés, abattus ou convertis en école musulmane. Il en fut ainsi, notamment à Mossoul et à Van, où la résidence des Dominicains, qui se trouve au bout du quartier musulman, devint, pendant le siège de la ville (avril et mai 1915), une sorte de fort qu'occupaient les Bachibouzouks.

L'AVENIR DES ARMÉNIENS

La vérité sur le peuple arménien.

La guerre, déchaînée par l'Allemagne, a été particulièrement cruelle pour les petits peuples qui se trouvaient sur la route des ambitions germaniques, mais le sort de l'Arménie surpasse tout en horreur.

Avant d'avoir constaté les faits de mes propres yeux, avant d'en avoir reconnu l'affreuse réalité, je doutais que de telles abominations fussent, de nos jours, possibles, et je croyais devoir faire une part à l'exagération, partageant en cela l'opinion de beaucoup de personnes.

Envoyé sur place par le *Journal*, j'ai constaté la vérité, j'ai vu et j'ai strictement rapporté les faits que m'a révélés mon enquête, j'affirme même que je suis plutôt resté en dessous de la réalité, car il y a, en effet, certaines horreurs que l'on ne peut décrire en détail.

Mais je ne veux pas laisser le lecteur sous l'impression exclusive des scènes monstrueuses et des tueries sauvages que j'ai dû décrire pour lui donner une idée, aussi complète que possible, de la dernière tentative du gouvernement turc pour exterminer les Arméniens.

Si, après chacune de leurs défaites au Caucase, les Turcs semblent avoir voulu se venger en dévastant l'Arménie par le feu des incendies, et en noyant sa population dans le sang des massacres, la véritable raison de cette frénésie de dévastation, de sang et de mort, c'est que l'Arménie, en Orient, représente la civilisation occidentale.

*
* *

Le nom de l'Arménie a surtout retenti dans le monde civilisé depuis la sanglante époque de 1894-1896. L'Europe et l'Amérique, bouleversées par le récit des horreurs commises par les Turcs, jetèrent un cri d'indignation et s'intéressèrent plutôt aux souffrances des Arméniens, qu'au peuple lui-même, qu'elles ne connaissaient que par ses malheurs. Les légendes grotesques, propagées par des esprits superficiels, après avoir été mises en circulation par des publicistes à la solde du Sultan, et représentant les Arméniens tantôt comme un ramassis d'escrocs et d'usuriers, tantôt comme une bande de perturbateurs soudoyés par les ennemis de la Turquie, pour y jeter le trouble, toutes ces calomnies stupides qui, jetées à la face d'une race atrocement suppliciée, devenaient odieuses, n'ont pu trouver quelque crédit dans une partie, malheureusement assez étendue, du public occidental, que grâce à l'ignorance où il se trouvait à l'égard du peuple arménien, de ses mœurs, de son histoire et de son caractère véritable.

Peuple pacifique et essentiellement laborieux, et chez qui l'initiative n'a d'égale que sa tenacité à vivre quand même, que sa volonté de s'imposer au monde indifférent, et de garder sa place dans la civilisation universelle, les Arméniens embrassent les professions les plus variées, les métiers les plus divers. Ils sont aussi des créateurs de pensée, de beauté et d'art.

*
* *

« Nous ne prétendons pas que les Arméniens soient un peuple parfait, a écrit M. Archag Tchobanian, le grand poète arménien, dans son introduction à la traduction française des

chants populaires arméniens (*), il n'existe
pas de peuple parfait ; chaque peuple a ses
défauts, et ceux qui se trouvent dépossédés de
leur indépendance, et qui subissent le joug
d'un despotisme avilissant, ont forcément plus
de défauts que les peuples libres. Mais le plus
grand des défauts est celui qui consiste à attri-
buer à un peuple tout entier les vices d'une
catégorie de types peu sympathiques, produits
inévitables d'une longue servitude, et que personne n'a stigmatisés avec une sévérité plus
acharnée que les satiristes, les publicistes et
les romanciers arméniens.

« Tant qu'il a pu conserver son indépendance sur le sol de sa patrie, le peuple arménien a fait de sa liberté un instrument de civilisation ; lorsqu'après la perte de l'indépendance, une partie des Arméniens s'est disper-
sée par le monde, et a fondé des colonies dans
divers pays étrangers, ces émigrés ont consti-

(*) Société d'éditions littéraires et artistiques (Li-
brairie Paul Ollendorff). M. Archag Tchobanian est
aussi, dans notre langue, un écrivain de talent,
délicat et sensible, dont les œuvres, écrites dans
un français d'une rare pureté, sont nombreuses.
Ses derniers poèmes, parus au cours de la guerre :
l'Orage, l'Ode à la France, les Martyrs, le Pur che-
valier, débordent d'un amour profond pour la France.

tué, pour leurs patries d'adoption, une force intelligente et active, servant loyalement les intérêts des peuples dont ils étaient les hôtes. Même sous le joug pesant des despotismes asiatiques, les Arméniens ont toujours poursuivi leur tâche d'éternels artisans de civilisation ; ce sont eux qui, avec les Grecs, ont développé en Turquie l'agriculture, l'industrie et le commerce. »

* *
*

A côté d'Arméniens très riches que l'on trouve dans le haut commerce, la banque et le barreau, les « hamals » (portefaix) de Constantinople étaient aussi presque tous des Arméniens, ainsi que les boulangers. Les tailleurs, les cordonniers, les menuisiers, les forgerons, les armuriers, les couteliers, les chaudronniers, dans toutes les principales villes de Turquie, se recrutaient également pour la plupart parmi les Arméniens.

Les étoffes, les broderies, les orfèvreries et les tapis turcs qu'on admire en Europe, ont été presque exclusivement fabriqués par des Arméniens. Les musiciens, les chanteurs, les acteurs étaient, en Turquie, pour la plupart des Arméniens. Enfin, les beautés architecturales de Constantinople sont dues en grande partie au génie arménien : la merveilleuse mosquée de Souleïmanié est l'œuvre de l'architecte Sinan, d'origine arménienne ; ce sont des architectes arméniens, les Balian, qui ont construit les palais de Beylerbey, de Tchraghan et celui de Dolmabahtché, « qu'on pren-« drait, dit Théophile Gautier, pour un « palazzo vénitien, plus riche, plus vaste, plus « ciselé, plus fouillé, transporté du Canal « Grande sur les rives du Bosphore » ; et ce sont des mains arméniennes qui ont élevé le palais même d'Yldiz-Kiosk, où demeurait celui qui fit massacrer trois cent mille Arméniens.

A l'intérieur, ce peuple était surtout un peuple agricole : vignerons à Van, à Ardjèch, à Angora, à Brousse, à Segherd ; grands éleveurs d'abeilles à Van et à Angora ; sériculteurs à Brousse ; et partout enfin laboureurs et bergers.

Il montrait aussi une rare aptitude pour l'industrie, malgré son peu de développement en Turquie ; c'était à des Arméniens qu'appartenaient, par exemple, les tanneries et les teintureries d'Erzindjan, comme aussi c'étaient des Arméniens qui dirigeaient la fabrique impériale de drap militaire et de fez d'Arslanbey-Keuï, près d'Ismidt.

*
* *

Cependant, leurs aptitudes pratiques n'ont jamais empêché les Arméniens d'être en même temps passionnément idéalistes, puisqu'ils ont toujours, en tant que peuple, sacrifié leurs intérêts matériels immédiats à de plus hautes préoccupations morales.

Jamais, en effet, peuple n'est demeuré plus fermement attaché à son idéal national que ce peuple qui, malgré les persécutions sanglantes, n'a jamais laissé entamer l'intégrité de son âme fière et libre.

Je ne puis malheureusement pas, dans l'espace étroit d'un chapitre, résumer l'histoire de la race arménienne, ni énumérer les manifestations esthétiques de son génie dans la littérature, dans la poésie, dans la musique, et surtout dans l'architecture et la sculpture décorative où il a particulièrement excellé. Je ne puis que renvoyer le lecteur aux œuvres qui existent maintenant nombreuses sur ce sujet.

Je terminerai en ajoutant que des personnalités éminentes en Europe et en Amérique, ont été et sont unanimes, pour témoigner leur estime pour le peuple arménien.

« Il serait difficile, a dit lord Byron, de trouver les annales d'une nation moins souillées de crimes que celles des Arméniens, dont les vertus sont celles de la paix, et les vices ceux de la contrainte. »

« Les Arméniens, disait déjà, en 1897, Anatole France, sont un peuple intelligent et héroïque, enclin à embrasser les plus hautes idées du monde occidental, et qui a droit, par son génie autant que par ses malheurs, à la sympathie des peuples d'où sont sorties les idées de justice et de liberté. »

H.-F.-B. Lynch qui, après avoir parcouru et minutieusement étudié l'Arménie, a publié, en 1902, un ouvrage monumental sur le pays, et sur la nation, apprécie les Arméniens dans les termes suivants : « ... Les Arméniens sont particulièrement aptes à être les intermédiaires de la nouvelle civilisation. Ils professent notre religion, sont familiarisés avec nos idéals les plus élevés, et s'assimilent toutes les productions nouvelles de la culture européenne avec une avidité et une perfection qu'aucune race entre l'Inde et la Méditerranée ne s'est jamais montrée capable d'égaler... »

Gabriel Mourey déclare également qu' « une race, aussi capable de civilisation intellectuelle et matérielle que la race arménienne, aussi aiguisée qu'elle d'esprit, possédant les ressources morales qu'elle possède, ayant

donné dans le passé et donnant dans le présent tant de preuves d'attachement à la pensée
occidentale, faisant montre d'une si belle et si
généreuse activité dans la conquête du progrès, a droit à la vie, non seulement au point
de vue de ses destinées propres, mais au point
de vue des destinées de l'humanité toute
entière... »

D'autres hautes personnalités encore comme
Gladstone, Jaurès, Denys Cochin, lord Bryce,
Paul Deschanel, Painlevé, et tant d'autres.
après avoir fait justice des légendes malveil-
lantes et mensongères, déclarent aussi que
l'Europe doit empêcher la destruction de la
race arménienne, non seulement parce que ce
serait là un crime de lèse-humanité qu'il serait
honteux de laisser se consommer, mais aussi
parce que cette destruction équivaudrait à une
diminution dans les forces morales de l'humanité.

Enfin, pour clore cette série d'appréciations,
voici l'opinion d'un Allemand, le Dr Rohrbach,
qui écrivait, dans la revue *Mesrop,* fondée
quelques semaines avant la guerre : « Les Arméniens sont, sans doute, l'élément le plus
actif, au point de vue spirituel, comme au

point de vue matériel, parmi tous les peuples
orientaux ; on peut dire que, par leurs dons
nationaux, ils sont uniques. Dans l'Arménien,
il y a une énergie, une tenacité, qui contredi-
sent tout ce qu'on est habitué à considérer
comme le tempérament oriental... »

L'autonomie arménienne.

Le crime du gouvernement turc et de l'Allemagne est inexpiable. Il n'a cependant pas
atteint son but : l'Arménie existe toujours.
Ce qui survit de ce peuple martyr espère
encore dans l'avenir, et garde foi et confiance
dans la justice qu'établira la victoire des Alliés.

Il espère qu'au lendemain de la victoire,
les Alliés tiendront enfin vraiment compte de
ses souffrances et de ses aspirations vers la
liberté.

Ses souffrances et ses aspirations trouveront
certainement un écho dans tous les pays de
l'Entente et surtout en France, et c'est
pourquoi les Arméniens se tournent vers
cette France lointaine, mais qui décréta « les
droits de l'homme », et qui se bat aujourd'hui
pour un seul et unique but : assurer « les droits
des peuples », vers cette France à laquelle ils
sont reliés par d'anciennes traditions, et dont

un des fils, un Lusignan, fut jadis un de leurs souverains.

Depuis une trentaine d'années, surtout, le peuple arménien se débat contre la formidable puissance turque, lutte inégale au cours de laquelle la fleur de l'intelligence arménienne a été impitoyablement fauchée, lutte féroce où des centaines de mille d'êtres humains ont été exterminés sans que leurs cris de détresse aient provoqué une intervention vraiment efficace des puissances signataires du traité de Berlin.

Il est grand temps que l'Europe civilisée résolve, enfin, la douloureuse question arménienne et fasse son devoir vis-à-vis de ce peuple qui lui a rendu tant de services depuis qu'il adopta le christianisme, au IV⁰ siècle, et particulièrement depuis l'époque des Croisades.

* *
*

Or, aucune autre solution n'est possible, hors celle qui consistera à *donner au peuple arménien une autonomie sous la protection et la garantie des puissances de l'Entente.*

Les questions de détail que comporte cette seule solution admissible n'ont pas à être étudiées ici. C'est au futur congrès qu'incombera le soin d'arrêter les meilleures dispositions.

Les volontaires arméniens (2ᵉ corps) au repos.

On ne doit pas invoquer le faible nombre des Arméniens pour leur refuser cette autonomie qu'ils réclament. Ils n'y avait pas un demi-million de Grecs en Grèce lorsqu'ils furent affranchis du joug turc. Il n'y avait pas autant de Bulgares en Bulgarie, en 1878, et, pourtant, ces pays ont été constitués en pays autonomes et même indépendants.

Malgré tant de massacres, il reste encore, en effet, environ neuf cent mille Arméniens turcs, j'ai indiqué ce chiffre en parlant du bilan des massacres.

J'ajouterai même, qu'actuellement, dans l'Arménie, proprement dite, il n'y a guère plus, à part les Arméniens, que 50.000 Turcs et Kurdes. Tous les autres, par crainte des représailles, ont fui avec l'armée turque, devant la poussée russe. Bien peu d'entre eux oseront revenir. Et il en sera de même pour le reste de l'Arménie et pour la Cilicie lorsque les armées alliées auront occupé ces régions.

Une émigration semblable s'est produite lors des affranchissements successifs de la Serbie, de la Bulgarie et de la Grèce, d'où les musulmans qui s'étaient installés dans ces pays, émigrèrent en masse et retournèrent en Anatolie, leur pays d'origine.

Il ne faut pas oublier en outre qu'il y a, au

Caucase, deux millions d'habitants, de race arménienne, qui, tout en étant de loyaux sujets du Tsar de Russie, ont conservé la culture nationale, et qui contribueront de tout leur pouvoir à l'œuvre de relèvement de leurs frères libérés.

Il ne faut pas oublier non plus l'existence de la vaste « Diaspora » arménienne : environ 100.000 arméniens émigrés en Amérique, dont la plupart ne demandent qu'à rentrer dans leur patrie. Enfin plusieurs dizaines de mille d'Arméniens sont dispersés en Egypte, dans l'Inde et en Europe.

J'ajouterai qu'un million d'Arméniens réunis sous un régime de tranquillité et de liberté se doublera en quinze à vingt années, étant donné les qualités prolifiques de la race.

La libération de la nation arménienne sera un des principaux actes de justice que les Alliés se devront de réaliser après la victoire.

APPENDICE

(DOCUMENTS ET RAPPORTS OFFICIELS)

Les événements qui précédèrent le décret du 20 Mai (2 Juin) 1915,

Notes communiquées à l'auteur par M. Sbordonne, agent consulaire d'Italie, à Van.

LES ÉVÉNEMENTS DE PÉLOU

Le 3 décembre 1914, deux gendarmes, qui se trouvaient à Pélou, aperçoivent dans le village un jeune étranger, et malgré les assurances du chef du village qui déclare que ce jeune homme est un de ses administrés, un des gendarmes le poursuit jusqu'à la porte d'une maison où il se réfugie.

Le gendarme, furieux, profère des menaces et tient des propos injurieux contre la race et la religion arméniennes.

(Cette personne, prise pour un étranger, faisait partie d'une patrouille arménienne arrivée depuis peu à Pélou, pour défendre les villages voisins contre les déprédations de Mehmed-Emin et de ses bandits).

L'Arménien, qui espère que les villageois réussiront à calmer la colère du gendarme, reste enfermé dans la maison, sans répondre à ses injures. Mais, à ce moment, un nommé Sakis, meurtrier bien connu, gracié naguère, lors de la proclamation de la Constitution, et qui était exempté du service militaire, accourt au bruit fait par le gendarme. Surexcité par les injures que profère ce dernier, il se prend de querelle avec lui, et lui tire un coup de fusil. Le gendarme tombe tué raide. Son camarade, le deuxième gendarme, se réfugie dans un grenier, et la panique se répand dans le village.

Tandis que les villageois tâchent de convaincre le second gendarme de quitter son refuge, et le prient de faire une enquête, le jeune homme, qui avait été poursuivi par le gendarme qui vient d'être tué, s'éloigne pour ne pas donner prétexte à de nouveaux incidents.

Le second gendarme finit par sortir de son abri. Son premier soin est d'aller à Gonié informer le Caïmakan de Vostan, Choukri bey, de ce qui vient de se passer à Pélou.

Escorté d'une compagnie de gendarmes, Choukri bey vient, lui-même, faire une enquête au village, où, après avoir ordonné quelques arrestations, il fait mettre le feu à six maisons, appartenant à Sakis et à ses prétendus complices.

Les gendarmes, pendant ce temps, ont assommé quatre personnes à coups de bâton. Aussi, les habitants, terrorisés, abandonnent-ils tout : habitations, biens, bétail, et se dispersent-ils aussitôt dans les villages voisins.

Le lendemain, 5 décembre, les loups descendus des montagnes, ravagent le bétail, et le feu, allumé sur l'ordre de Choukri bey, s'étend dans le village.

La patrouille arménienne, avertie de ce désastre, s'empresse de revenir à Pélou, pour en rassembler les habitants dispersés, et maîtriser l'incendie. Simultanément le Caïmakam y revint aussi, mais, cette fois, avec deux à trois cents Kurdes armés qui n'ont d'autre but que le pillage. Arméniens et Kurdes en viennent naturellement aux mains.

Le Caïmakam feint de prendre pour lui cette résistance. Il lance ses gendarmes dans le combat, et ainsi, de neuf heures du matin à cinq heures du soir, on s'entretue.

Le lendemain le feu est mis à tout le village par la bande d'un certain Tcherkez agha.

Lorsque la députation turco-arménienne envoyée de Van sur les lieux, par les autorités locales de Van, arriva, le 12 décembre, à Pélou, l'incendie n'était pas encore éteint. Elle ne put sauver que l'église ; encore ce bâtiment avait-il été partiellement atteint par les flammes.

Il ressort de l'enquête de MM. Vramian (*) et Munib que l'incident malheureux de Pélou, est du à la faiblesse administrative du Caïmakam, sinon à sa propre malveillance, car, non seulement il n'a pas cherché à apaiser la population, mais il a surexcité les Kurdes contre elle.

Pélou comptait cent trente foyers très prospères.

L'INCIDENT D'ETELEN

Au cours de la même semaine, une patrouille de volontaires arméniens est envoyée de Vostan à Etélen, village arménien situé sur la route de Vostan à Van.

Les incidents de Pélou et d'autres, plus graves encore, qui se sont produits à Cazas, font craindre — une bande kurde se trouvant à Etélen, — à un projet de massacres des Arméniens, exécutés par les Kurdes, sous la tolérance des autorités.

La présence des bandes kurdes de Bitlis et de Gardjikan à Etélen ne s'explique pas autrement. Celles-ci d'ailleurs s'opposent à l'entrée de la patrouille arménienne dans le village, et tuent les

(*) Vramian était député de Van à la Chambre Ottomane

deux gendarmes qui la précédent et lui donnent ainsi un caractère régulier et officiel.

Enfin, les soupçons des Arméniens se trouvent encore confirmés par l'attaque d'Etélen, exécutée le lendemain, du côté de Sbidag-Vank, par ces Kurdes, conduits par Kourchid agha, personnage très influent de Vostan.

Les Arméniens repoussent cette attaque et tuent Kourchid agha.

Ces rencontres pouvant en attirer de plus sanglantes encore, Vramian, accompagné de son collègue turc, accourt dans la région pour apaiser les esprits, empêcher la naissance de nouveaux incidents, et dissiper les malentendus et la méfiance réciproque des populations.

Après enquête, Vramian, dans une note qu'il remet à Djevdet bey, vali de Van, accuse le Caïmakam de Vostan d'avoir excité les Kurdes contre les Arméniens.

A l'appui de cette accusation, il fournit deux arguments :

1° L'incendie et le pillage de Pélou, œuvres des Aghas et des bandes kurdes des environs, exécutés au su de Choukri bey, sans doute même avec son consentement, car il était en mesure de les empêcher, s'il l'eut voulu.

2° Le reproche de Choukri bey adressé à Hussein agha, de Tachmanis, parce que les hommes de ce dernier « n'ont pas pris part aux attaques contre les Arméniens, comme il (Choukri bey) le désirait ».

MASSACRES DE BACHKALE

Ces massacres ont eu lieu dans le courant de la première semaine du mois de décembre 1914.

Ahmed bey, à la tête des cent soixante gendarmes, et Chéref bey, chef de la tribu de Chikak, avec cent cinquante hamidiés, envahissent Bachkalé, après la retraite des Russes.

Ils pillent et incendient les maisons arméniennes, tuent tous les hommes dont ils laissent les cadavres en pleine rue, enlèvent les belles filles, et abandonnent les femmes et les enfants sans pain et sans gîte.

Les villages arméniens voisins subissent le même sort.

Les Arméniens des villages de Paz, d'Arak, de Piss, d'Alalian, d'Alas, de Soran, de Rasoulan et d'Avak sont réunis. On les conduit dans la plaine et là on les massacre tous.

D'après la dernière statistique, il y avait à Bachkalé et dans les villages susmentionnés, mille six cents Arméniens (dont une petite partie nestoriens).

A Boghas Kessen

L'événement s'y produit le 26 novembre 1914.

Sont tués : Garabed Sarkissian et Loussik, femme d'Avak. On pille l'église et tous les biens des villageois, soit environ 4.000 livres turques.

Les malfaiteurs sont Hadji Guélech et les chefs des tribus habitant Hapistan, Galach, Garfalan et Roumoghlou.

Les massacres des villages de Archan, Hassan-Tamran, Tachoghlou et Khara-Tsorick (Séraï).

Ces événements se produisent le 30 décembre 1914.

Les gendarmes de Séraï, ayant à leur tête Rassim effendi, aide de camp d'Abdul-Kader, vont à Akhorik et annoncent que le Caïmakam donne l'ordre à tous les Arméniens mâles, de se rendre à Séraï pour y reconstruire les casernes.

Déjà, la veille, le fils de Hussein bey, Tahar, avait réuni tous les Arméniens des villages et les tenait en surveillance dans quelques maisons (ce qui prouve un complot préparé).

Les gendarmes séparent les jeunes gens et les font sortir du village en les entourant de Kurdes. Les autres, avec les vieillards, ne sont mis en route qu'une heure après, escortés de gendarmes.

A peine le premier groupe est-il arrivé près d'Avzarik, que les Kurdes les fusillent tous, en présence des gendarmes et de l'aide de camp.

Un témoin oculaire déclare avoir compté près d'Avzarik, vingt-huit cadavres. Les deux fils de Hussein bey, Tahar et Mustafa, et Mehmed Ali et son fils, assistèrent à cette tuerie.

Ce premier crime consommé, l'aide de camp, les gendarmes et les chefs kurdes nommés ci-dessus, sont invités à prendre le thé chez Sultan agha, cependant que les Kurdes vont vers le second groupe, en retirent ceux qui sont les moins âgés, et les massacrent à leur tour.

Les corps de toutes ces victimes restent abandonnés dans la plaine d'Avzarik jusqu'au jour où les femmes de ce village viennent les relever et les emporter pour les enterrer dans le cimetière.

Tous les cadavres ne sont pas encore mis en terre que le Caïmakam de Séraï arrive. Il reproche véhémentement aux Kurdes de permettre aux Arméniens d'enterrer leurs morts.

— « Nos soldats, leur dit-il, restent sans sépulture, les loups et les chiens les dévorent, pourquoi permettez-vous à ces « giaours » d'enterrer leurs morts ? »

Et après les avoir fait déterrer il oblige deux vieillards (les nommés Mikhitar et Baghdean), à retransporter sur leurs dos les cadavres dans la plaine.

Le même jour d'autres massacres sont exécutés à Hassan-Tamran (dix maisons, cent tués), et
à Tachaghlou (deux maisons, dix tués).

Du village de Tachaghlou, un nommé Simon, et
sa femme, échappèrent seuls à la mort.

Les dix familles du village de Kharadsorik
subissent le même sort. Deux personnes seulement survivent. Tous les autres habitants sont
massacrés, à l'exception des jolies femmes enlevées par les Kurdes.

Sur l'ordre du Caïmakam, les mères et les
enfants de ces trois villages sont obligés, par un
temps terrible, de se mettre en route vers la frontière persane : « Tâchez d'aller rejoindre vos
maris réfugiés chez les Russes », leur crient iro-
niquement les gendarmes.

Ces pauvres gens ne pouvant avancer dans la
neige veulent se réfugier dans les villages de
Inkij et de Tarkhan, mais les gendarmes les obligèrent, à coups de crosse de fusil, à continuer
leur route dans la neige, qui leur monte aux
genoux.

Dans ce cortège lamentable se trouvent de
vieilles femmes et des infirmes, les gendarmes
les abattent à coups de fusil (Padal Sogian, qua-

tre-vingts ans, Hovannès Hatchiguian, soixante
ans, Garabed Zariftan, quarante ans). La plupart
des autres malheureuses femmes et des enfants
périssent dans la neige. Soixante-dix seulement
arrivent à Salmas, dans un état de misère et de
faiblesse affreux.

Pour compléter le tableau de ces atrocités je
citerai encore les faits suivants :

L'assassinat, avec d'atroces raffinements de
cruautés, du jeune prêtre du village de Der-Var-
tan. Les Kurdes commencèrent par lui couper les
oreilles, puis le nez. Ils crevèrent ensuite les
yeux du malheureux et enfin l'achevèrent. Après
sa mort, ils marièrent de force sa malheureuse femme avec un nommé Mehmed, domesti-
que de Husseïn bey.

A Hassan-Tamran, ils arrachèrent les enfants
aux seins de leurs mères, les jetèrent par terre et
leur enfoncèrent des morceaux de bois dans la
bouche.

Il va sans dire que les Kurdes se sont partagés
tous les troupeaux, tout le bétail, toutes les céréales, meubles, etc..., de ces villages (soit en
chiffres ronds une valeur de 10.500 livres tur-

ques). Une faible partie seulement de ce butin fut gardée par les gendarmes comme prise de guerre.

MASSACRES ET PILLAGES DE HASARAN

Le 15 décembre 1914 les Kurdes envahissent le village de Hasaran, et y tuent sept hommes, une femme et deux filles. Une femme, en outre, est blessée.

Ils enlèvent cinq mille six cents têtes de bétail, cinq mille neuf cents mesures de céréales, mille six cents batmans de beurre, fromage, etc..., et tous les meubles, ustensiles, argent, etc..., y compris les biens de l'église, pillée de fond en comble.

La population est traînée de village en village.

AU VILLAGE DE SATMANIS

Un officier, accompagné par trois gendarmes, arrive, le 20 décembre 1914, et, sur l'ordre du vali — déclare-t-il — somme les habitants d'avoir à quitter le village.

Quatre-vingts personnes partent et mettent quatre jours pour atteindre Crèche. Douze enfants sont morts de froid pendant le trajet. Cent vingts habitants restés dans le village sont enfermés dans une maison et molestés par les trois gendarmes aidés de trois Kurdes. Quelques jours plus tard, on les oblige également de quitter le village. Ils se dispersent dans les villages de Salahané, de Zarantz, de Sévan et de Faroukh.

Huit d'entre eux et cinq enfants meurent en route, de froid et de fatigue. Tous les biens des habitants deviennent la proie des Kurdes : Deux mille têtes de bétail, deux cents buffles, mille mesures de farine, cinq cents mesures de blé, huit chariots, vingt charrues, sans compter les approvisionnements, meubles et argent.

AU VILLAGE D'AVZARIK

Hussein bey et Molla-Saïd se présentent, le 14 janvier 1915, à Avzarik, la menace à la bouche. Immédiatement derrière eux des gendarmes entrent dans le village où ils réunissent tous les Arméniens dans la maison du Dr Ress, obligent cinq d'entre eux à porter le beurre à Séraï et, à la sortie du village, ils en fusillent deux.

Quelques-uns de ceux qui sont enfermés dans la maison du Dr Ress (vingt et un hommes et quatre femmes) réussirent à s'évader et à gagner le village de Shemsédin. Les autres (quarante-trois hommes, soixante-quatre femmes et jeunes filles), sont massacrés ou convertis à l'islamisme, et emmenés à Salmas.

Le 6ᵉ corps de volontaires arméniens.

(photo Henry Barby).

NOTE

remise par M. O. Dertzakian-Vramian, chef du parti Union et Progrès, et député arménien de Van, à S. E. Monsieur le Ministre de l'Intérieur, à Constantinople, le 13 février 1915.

Il est indéniable que les relations entre le gouvernement et la nation arménienne sont devenues anormales au cours des derniers mois. Le gouvernement n'y fait aucune attention et les efforts déployés, après les tristes événements de Gavache et de Gardjikan, en vue de les « améliorer », ont échoué.

Depuis mon arrivée à Van, j'ai exposé à plusieurs reprises, de vive-voix, ainsi que par écrit, aux autorités locales, les mesures qui seraient nécessaires pour améliorer cette situation.

Mes convictions s'étant trouvées confirmées depuis par de nombreux arguments, je prends la liberté d'attirer l'attention du gouvernement central sur les questions suivantes.

Les causes de cette situation anormale sont au nombre de quatre, découlent l'une de l'autre, et s'expliquent l'une par l'autre.

Savoir :

1° Le désarmement des soldats et des gendarmes arméniens.

2° La réapparition d'événements de nature à menacer l'existence de la nation arménienne.

16

3° La question des déserteurs arméniens.

4° La déclaration de « Djihat », qui explique les désertions d'arméniens, survenues après la mobilisation générale, désertions qui ont trois raisons, à la fois sociales et religieuses :

a) Les Arméniens au-dessus de vingt-quatre ans ne connaissaient pas le maniement des armes.

b) Ils n'étaient pas habitués aux privations imposées dans l'armée après la déclaration de la guerre.

c) Leurs besoins religieux étaient négligés dans l'armée.

Si on prend en considération, en temps voulu, les causes qui provoquent les désertions, on pourra, par des mesures appropriées, empêcher graduellement ces désertions. Au lieu de cela, la méfiance regrettable du gouvernement vis-à-vis des Arméniens d'une part, et, d'autre part, les événements menaçant l'existence de ceux-ci, donnent une apparence politique mauvaise à la question de la désertion.

Ainsi :

1° Le désarmement des soldats et des gendarmes arméniens, en créant une méfiance politique autour de la nation arménienne, provoqua une tension entre les relations des Arméniens et des Turcs.

2° En désarmant les Arméniens on les a réduits pour ainsi dire au rôle de bêtes de somme, et on a blessé, ainsi, grièvement leur amour-propre national.

3° Les Arméniens désarmés ayant été mis sous la surveillance de musulmans armés, ou bien étant obligés de circuler parmi eux, voyaient leur vie exposée à de sérieux dangers. Ainsi, le bruit court avec persistance que des centaines de soldats arméniens ont été noyés, fusillés ou poignardés dans l'armée, surtout aux environs d'Erzeroum et de la frontière persane.

4° Les Arméniens désarmés ont été expulsés de leur pays et déportés dans des localités inconnues.

5° Sous le prétexte de former une milice, des Kurdes et des Turcs, entre seize et soixante ans, ont été armés et nommés agents de police ou gendarmes, et transformés ainsi en un pouvoir exécutif vis-à-vis des Arméniens.

6° Les dits miliciens ont ravagé les villages arméniens.

Par exemple, les miliciens de Tahar ont commis des viols et des assassinats dans les villages arméniens de Havannès, d'Alaï et d'Enik. Ceux de Bitlis ont pillé les villages de Gardjikan, de Pélou et de Khanik.

La bande de Béchéri-Tchoto, composée de six cents hommes, a ravagé les villages de Malazkert, et, dernièrement, lorsqu'elle se rendait en Perse, ceux situés au nord-est de notre vilayet.

Des bandes musulmanes ont commis plusieurs méfaits dans les villages arméniens d'Erzeroum et des volontaires kurdes dans ceux de la plaine de Mouch. (Ce n'est que sur les observations très énergiques du Consul allemand de Mossoul que ces volontaires ont été invités à cesser leurs ravages).

D'autres Kurdes ont commis de nombreux viols et assassinats dans douze villages arméniens de Diarbékir.

7° Des brigands connus comme Mehmed-Emin et Moussa-Kassim bey ont été graciés et autorisés à revenir dans leur village ou dans des villages arméniens.

8° Par suite de la désertion de nombreux Kurdes, un grand nombre de villages, surtout dans les montagnes, ont été envahis par des déserteurs kurdes.

9° Des régiments Hamidiés ont été campés dans les villages arméniens, et y ont commis de nombreux méfaits. (En particulier à Hassan-Tamran, à Azorik, à Satmanis, à Boghas-Kessen, à Hazaré, à Menden, et à Kortzot). L'achiret de Sadom bey a ravagé Kutchuk-Keuï.

10° Les Arméniens de Bachkalé et ceux des villages des environs ont été massacrés. (Ceci a été confirmé malgré les démentis officiels.)

Telles sont les causes qui amènent les Arméniens à étudier la question de défendre leur honneur, leurs vies et leurs biens, tandis que le gouvernement a fait connaître officiellement sa méfiance envers eux en les mettant dans une situation critique envers leurs voisins armés et à demi-sauvages.

Etant donné que cette défense de l'honneur, de la vie, et des biens, est un droit naturel et sacré, le gouvernement poursuit une politique néfaste en gardant les Arméniens désarmés sous les drapeaux. Non seulement, en effet, la patrie ne profite pas du service de ceux-ci, mais en les gardant, le gouvernement expose leurs familles sans défense à de réels dangers, car elles sont constamment à la merci des caprices sanguinaires de ses voisins armés et à demi-sauvages.

Il est évident qu'il serait injuste d'employer le terme de désertion pour les Arméniens à qui on a repris leurs armes — qui, pour un soldat, équivalent à la vie — et du moment que les musulmans, eux-mêmes, désertent en dépit de la déclaration de « Djihat ».

Etant donné les raisons politiques, religieuses et sociales exposées ci-dessus, qui ont provoqué les désertions d'Arméniens ;

vu que les foyers arméniens sont privés de leurs soutiens au milieu des dangers dont nous avons signalé le prélude dans les vilayets de Van, de Bitlis, d'Erzeroum et de Diarbékir ;

attendu que le maintien de milliers d'Arméniens, sans armes, sous les drapeaux, ne rend aucun service à la patrie ;

vu les fâcheuses conséquences que ce fait a pour l'agriculture abandonnée ;

attendu que le pays sera exposé à un danger social, peut-être à un soulèvement, tant que la question de la désertion ne sera pas résolue, étant donné que le déserteur poursuivi par la loi et la famine, cherchera naturellement le salut et les moyens de vivres dans une rébellion ;

je prends la liberté d'attirer l'attention la plus sérieuse du gouvernement sur les propositions que voici :

1° Ne maintenir sous les armes que les Arméniens âgés de vingt et un à vingt-cinq ans, qui ont déjà été exercés dans l'armée.

2° Garder les Arméniens dans le rayon de leur pays et dans la gendarmerie jusqu'au rétablissement complet de la confiance réciproque entre le gouvernement et les Arméniens.

3° Percevoir une taxe d'exonération modérée et seulement pour la durée de la guerre actuelle sur les Arméniens au-dessus de vingt-quatre ans (non exercés).

4° Punir, suivant les dispositions les plus sévères de la loi, les meurtriers de Bachkalé, d'Akhorik et de Khouzérik.

5° Mettre en vigueur, le plus tôt possible, les règlements des gardes-villages admis sous Tahsim bey.

6° Permettre aux Arméniens le port d'armes jusqu'au désarmement des Kurdes mi-sauvages.

7° N'octroyer aucune fonction de la force publique aux miliciens et ne pas les autoriser à séjourner dans les villages arméniens et ne les armer qu'à leur arrivée au quartier général.

8° Indemniser les sinistrés arméniens.

9° Rechercher et restituer les biens des églises arméniennes pillées.

10° Rendre à leurs familles les jeunes filles et les femmes enlevées, et rendre au sein de leur église les Arméniens convertis par force et par crainte à l'islamisme.

Mes propositions sus-mentionnées ont pour but de mettre fin à la situation anormale actuelle, d'assurer aux Arméniens leur existence, et de rétablir leur confiance envers le gouvernement, car les mesures très sévères prises sans nécessité par les autorités locales rappellent les temps des années 1312-1313 (1895-1896).

Je m'empresse donc de vous prier d'accueillir favorablement et de faire approuver par Iradé Impérial et Viziriel, les revendications minimes de la nation arménienne.

On pourrait, à cet effet, convoquer les patriarches arméniens à Constantinople.

Van, le 13 février 1915.

Traduction de Offase bey   Drogman anglais

Van, le 30 mai 1915.

L'AGENT CONSULAIRE D'ITALIE CHARGÉ DES INTÉ-
RÊTS FRANÇAIS A VAN, A S. E. MONSIEUR L'AM-
BASSADEUR DE FRANCE, A PETROGRAD.

J'ai l'honneur de porter à la connaissance de
V. E. la situation créée par les autorités ottomanes à la Mission Française Dominicaine à Van,
depuis le commencement de la guerre russo-turque, jusqu'à l'occupation russe de cette ville. Il
m'a été impossible, faute de moyens sûrs de
communication, d'en saisir, jusqu'ici, soit l'ambassade des Etats-Unis à Constantinople, soit le
consulat d'Italie, à Trébizonde.

Avant son départ, M. de Sandfort, vice-consul
de France, à Van, me chargea, à défaut d'agent
consulaire américain dans cette ville, des intérêts
français et en fit part à l'ambassade des Etats-
Unis près la Porte Ottomane et le vilayet.

Une semaine après le départ de M. de Sandfort,
c'est-à-dire le 15 novembre 1914, le secrétaire du
vilayet et le directeur de l'Instruction Publique,
accompagnés des agents de police, se présentèrent sans aucune délégation de la part de cette
agence consulaire, chez les R. Pères Dominicains
et les Sœurs de la Présentation, et les sommèrent
de quitter immédiatement leurs couvents et de

remettre tous leurs établissements scolaires et de bienfaisance au gouvernement ottoman.

Les religieux furent obligés de quitter leurs demeures le jour même, ne pouvant obtenir des fonctionnaires ottomans que la permission d'emporter avec eux quelques objets de première nécessité.

Les autorités apposèrent alors les scellés sur toute la résidence de la mission. Sur mes démarches réitérées les autorités consentirent à ce que les sœurs restassent chez elles jusqu'à leur départ. Ordre a été donné, par le vilayet, à la police d'expulser les missionnaires français dans les vingt-quatre heures. Mes représentations énergiques auprès du gouvernement ont permis aux religieux français de partir après avoir trouvé les moyens nécessaires pour pouvoir suivre l'itinéraire très difficile que les autorités ottomanes leur désignaient. (D'après cet itinéraire, les français expulsés devaient gagner la France par Bitlis, Diarbékir, Alep, Messine).

J'ai pu obtenir également du vali que le R. P. Bernard Goordmaghtigh, supérieur de la Mission Dominicaine Française restą à Van, le voyage lui étant impossible à cause de sa santé et de son âge avancé. Les autres religieux et religieuses ont quitté Van, le 20 novembre 1914.

Après l'expulsion des missionnaires français, les établissements des Pères Dominicains furent occupés par une école musulmane, et ceux des

sœurs devinrent une école ottomane de jeunes
filles. Il va sans dire que les fonctionnaires turcs
emportèrent la plus grande partie des meubles
de la mission, laissés à leur pouvoir.

Pendant les derniers événements qui ont ensan-
glanté Van et ses environs, aux mois d'avril et de
mai derniers, la résidence des Dominicains qui
se trouve au bout du quartier musulman devint
une des premières positions turques, les établissements des sœurs, situés dans le quartier chrétien furent occupés par les Arméniens, avant que
les Turcs parvinssent à y mettre des forces.

Durant leur séjour d'un mois les bachi-bozouks
turcs et kurdes qui s'étaient barricadés dans la
résidence des Dominicains, ont saccagé tout ce
qui avait échappé au pillage des fonctionnaires
turcs, et, lorsque les Arméniens parvinrent à y
entrer, ils n'y ont trouvé que les débris de quelques meubles.

Les établissements des sœurs ont échappé au
pillage, étant sous la surveillance des Arméniens.
La mission fera parvenir à V. E., par mon entremise, la liste des objets pillés.

Depuis l'occupation russe, la résidence des
Dominicains est occupée par les volontaires
russo-arméniens, et celle des sœurs, sert provi-
soirement au gouvernement comme palais gou-
vernemental.

Veuillez agréer, etc.

G. SBORDONE.

Van 31 mai 1915.

L'AGENT CONSULAIRE D'ITALIE A VAN, A S. E. MONSIEUR L'AMBASSADEUR D'ITALIE, A PETRO-GRAD.

Monsieur l'Ambassadeur,

J'ai l'honneur de porter à votre connaissance les événements qui se sont passés à Van et dans le vilayet depuis deux mois. Il me fut impossible de les faire connaître plus tôt, soit à M. le consul de Trébizonde, soit à M. l'ambassadeur d'Italie à Constantinople.

Pour me faire mieux comprendre, je diviserai ce rapport en trois parties :

1° La situation du vilayet de Van avant le siège.

2° Le siège de Van.

3° L'occupation russe.

*
* *

1° Situation de Van et de son vilayet avant le siège

Tandis que Djevdet bey, Vali de Van, et exerçant les fonctions de défenseur des frontières turco-persanes, pillait, saccageait les villes de Salmas, Khosrova, Bachkalé, et massacrait les chrétiens qui s'y trouvaient, le vali intérimaire de Van réclamait la réintégration dans l'armée, des soldats arméniens qui l'avaient quittée parce qu'on les avait désarmés ou renvoyés. On les réclamait sous prétexte d'en faire des ouvriers terrassiers, mais en réalité c'était pour les massacrer, de même que Djevdet bey avait déjà fait traitreusement fusiller de nombreux soldats arméniens qui marchaient sous ses ordres. Une preuve évidente de la perfide intention du gouvernement ottoman dans son obstination à réclamer les soldats arméniens déserteurs ou autres, se trouve dans ses refus successifs d'accepter les conditions, même les plus légitimes et les plus équitables, proposées tant par moi que par les chefs de la nation arménienne pour éviter un conflit et les massacres que l'on prévoyait, car les Turcs étaient furieux en apprenant que des milliers d'Arméniens s'étaient engagés comme volontaires dans l'armée russe et combattaient avec acharnement contre les troupes turques.

Un mois entier se passa en négociations inutiles. Les Turcs rejetaient, le lendemain, les conditions qu'ils avaient acceptées la veille.

Trois événements importants sont à noter. Premièrement le massacre des villages bien avant les événements de Van. On estime à 16.000 (seize mille), le nombre des victimes.

Les paysans arméniens étaient armés, mais au lieu de se défendre, ils livrèrent leurs armes et se laissèrent égorger. Ces massacres se firent avec des cruautés inouies. On ouvrait le ventre des enfants mâles, on dépouillait les femmes et les filles de leurs vêtements, et on les chassait nues comme les bêtes fauves, dans les montagnes. On estime à quinze mille le nombre des villageois, hommes, femmes et enfants qui vinrent se réfugier à Van, et qu'il fallut nourrir au grand danger d'une famine en ville.

Secondement, pour mieux perdre les Arméniens en masse, Djevdet bey voulut se défaire d'abord de leurs trois chefs principaux : MM. Vramian, Aram et Ichkan, hommes capables et dévoués. Il commença par Ickan, c'était pendant la période des négociations entre le gouvernement, les comités arméniens et moi. On espérait encore arriver à un arrangement. Des troubles graves éclatèrent dans la localité de Chatak. Le vali y envoya une commission sous prétexte d'y rétablir la paix. Et, comme pour plaire au comité arménien, et faire honneur à son dévouement et à l'influence d'Ichkhan, il pria ce dernier de se joindre à la commission. Celle-ci se mit en route avec trois compagnons, et fut bientôt suivie d'un groupe de Circassiens expédiés par le Vali, qui fusillèrent Ichkhan et ses compagnons à bout portant pendant qu'ils prenaient leur repas du soir.

Le même jour, MM. Vramian et Aram furent mandés chez le gouverneur qui avait besoin, dit-il, de leurs conseils.

Vramian, en qualité de député de Van, trop confiant, se rendit chez le gouverneur, et fut immédiatement arrêté. Heureusement pour Van, Aram put être averti à temps de ce qui se passait, et rentra chez lui. Quant à Vramian, il fut embarqué sur un voilier, et l'on ignore son sort.

Troisièmement, la veille du bombardement de Van par le gouvernement, tous les fonctionnaires et notables arméniens qui se trouvaient dans les différents cazas ou arrondissements du vilayet, furent égorgés ou fusillés. Il en est qu'on fit marcher pendant une heure sous le canon des fusils, avant de les massacrer.

*
* *

2° *Siège de Van.*

Samedi 1er avril, les quartiers arméniens sont subitement entourés de canons et de troupes. Le dimanche et le lundi se passent en négociations infructueuses entre le vali et moi. Le mardi, à propos du meurtre de quelques Arméniens qui voulaient arracher des villageoises chrétiennes des mains des soldats turcs, l'effervescence devient générale. De toutes les casernes sortent des soldats qui font feu sur la population, et le bombardement commence.

Pour faire mieux comprendre ce qui suit, je

dois faire remarquer que Van se divise en deux parties, dont une est appelée « *ville* » ou « *la ville* », et l'autre « *jardin* » ou « *les jardins* ». La « *ville* » est à proximité du lac et contient les bureaux du gouvernement, les tribunaux, les casernes, les locaux des différentes administrations civiles comme la banque, la régie, la poste, le télégraphe et les bazars. On y compte aussi un noyau des maisons arméniennes.

Les « *jardins* » sont occupés par les quartiers arméniens et quelques quartiers turcs. Le gros de la population musulmane se trouve sur l'espace qui sépare la ville des jardins. Lorsque le bombardement commença, le gouvernement avait à sa disposition douze canons et d'immenses quantités de munitions, il comptait six mille soldats (turcs, kurdes, circassiens), il comptait cinq casernes et disposait du port de Van, d'un petit vapeur et de tous les voiliers.

Les habitants du village de Iskélé-Kéui ou village du « port » avaient tous trahi la cause arménienne sous des menaces, et servaient les Turcs.

Les Arméniens n'avaient pas de canons, ils comptaient de cent à cent vingt combattants en « *ville* », et mille cinq cents dans « *les jardins* ». Ils s'organisèrent avec une promptitude et une sagacité remarquables ; ils constituèrent un état-major, organisèrent un corps de génie, un bataillon de tirailleurs, une croix-rouge, une ambu-

lance, une police, creusèrent des tranchées, élevèrent des barricades, et ils eurent l'extrême
prudence de se tenir sur la défensive, pour ne
pas perdre inutilement leurs hommes, et de
défendre à ceux-ci de tirer un seul coup de feu
inutile

Les opérations du siège se résumèrent pour les
Turcs à bombarder, de jour et de nuit, la « *ville* »
et les « *jardins* », à brûler les maisons arméniennes, à s'efforcer, mais inutilement, de s'emparer
des positions arméniennes, et à terroriser la
population par des fusillades sans fin. Les canons
firent relativement peu de dégâts (on jeta près de
dix mille boulets sur la « *ville* » et six mille sur
les « *jardins* »), ils tuèrent une centaines de
femmes et enfants qui traversaient les jardins et
quelques hommes ; quant aux dégâts faits aux
positions arméniennes, ils étaient immédiatement
réparés. Les Arméniens furent plus heureux, ils
repoussèrent toutes les attaques, et s'emparèrent,
en les incendiant, des positions ennemies.

Le consulat d'Angleterre où le vali, malgré
mon opposition, et sous prétexte de le protéger,
avait placé un corps de trente gendarmes, qui ne
cessèrent pas de tirer sur la population, fut attaqué
par les Arméniens, et incendié après un siège de
quelques heures. En ville, ils incendièrent la Banque Ottomane, la régie, la poste, le télégraphe, le
local de la Dette Publique que les Turcs avaient
transformés en positions solides,

Une attaque de nuit, dirigée par un officier allemand venu d'Erzeroum, fut si victorieusement repoussée, que cet officier quitta Van dès le lendemain de sa défaite. Il avait fait perdre soixante à soixante-dix hommes aux Turcs. Le siège dura vingt-sept jours.

Cependant malgré leurs succès presque quotidiens, les Arméniens se rendaient compte qu'ils avaient besoin pour résister plus longtemps d'un secours étranger. Les Russes étaient impatiemment attendus. Ils arrivèrent enfin, et à leur approche, tous les musulmans prirent la fuite, comme un seul homme. Cette fuite fut si précipitée qu'ils n'emportèrent même pas un seul effet avec eux. Djevdet bey était parti la veille.

A peine les musulmans eurent-ils quitté la ville que l'incendie de leurs maisons commença, les Arméniens, craignant une contre-attaque, n'épargnèrent aucune de leurs demeures. A l'incendie succéda le pillage général.

*
* *

3° *L'occupation russe*

Les volontaires arméniens arrivèrent les premiers. On leur fit une ovation triomphale. Les troupes russes régulières suivirent et se succédèrent sans interruption. Un gouvernement civil provisoire a été établi ; il a été confié aux Arméniens. Aram a été nommé gouverneur général. Nous devons dire à sa louange qu'il fut l'âme de la défense arménienne.

Veuillez, etc...

Signé : G. Sbordone.

Nota. — La nouvelle de la déclaration de guerre de l'Italie à l'Autriche, communiqué par S. E. le général Nicolaieff, a causé un vif enthousiasme. La population arménienne de Van ayant à sa tête le gouverneur général Aram, est venue au Consulat, avec notre drapeau, faire une démonstration publique de sympathie.

TABLE DES MATIÈRES

Les Massacres d'Arménie 1
Historique 3

La Tragédie Arménienne 17
A Erzeroum 19
Le témoignage accablant du consul des
Etats-Unis, à Erzeroum 29
Le récit d'un témoin 35
Les quatorze mille assassinés de Tré-
bizonde 43
L'effroyable calvaire des déportés 55
Les caravanes de la mort ! 63
Le récit de deux infirmières allemandes 73
La route d'horreur et de mort des
déserts d'Anatolie 81
Les contrées d'épouvante 89
A Erzindjan 99
Un appel pathétique 103

Ceux qui résistèrent aux massacreurs...... 109
    La révolte des victimes............... 111
    Les insurgés du mont de Moïse........ 119
    L'héroïque résistance de Van........ 127

Les Volontaires Arméniens............... 141
    Les volontaires arméniens........... 143

Les Enfants Arméniens.................. 151
    Les enfants errants................... 153

L'Agonie des Déportés en Mésopotamie.... 161
    Les camps des supplices et de la mort 163
    Un document tragique............. 171

L'Effroyable Exode des Réfugiés du Caucase 183
    L'effroyable exode des réfugiés du
    Caucase 185
    La voix des enfants accuse les bour-
    reaux 193

Le Bilan des Massacres.................. 203
    Le bilan des massacres............... 205

L'Avenir des Arméniens.................. 211
    La vérité sur le peuple arménien...... 213
    L'autonomie arménienne............... 223

Appendice (documents et rapports officiels).
    Les événements qui précédèrent le dé-
    cret du 20 mai (2 juin) 1915............ 227

IMPRIMERIE DE L'EDITION, 104, rue Didot, PARIS (XIV')